Maja von Vogel
Nachtsplitter

Maja von Vogel wurde 1973 geboren und wuchs im Emsland auf. Sie studierte Deutsch und Französisch, lebte ein Jahr in Paris und arbeitete als Lektorin in einem Kinderbuchverlag, bevor sie sich als Autorin und Übersetzerin selbstständig machte.

Maja von Vogel

Nachtsplitter

Roman

Deutscher Taschenbuch Verlag

Das gesamte lieferbare Programm
von dtv junior und viele andere Informationen
finden sich unter www.dtvjunior.de

Originalausgabe 2011
© 2011 Deutscher Taschenbuch Verlag GmbH & Co. KG,
München
Umschlagkonzept: Büro Jorge Schmidt, München
Umschlaggestaltung: Jorge Schmidt unter Verwendung
von Fotos von Jan Roeder
Lektorat: Katja Frixe
Gesetzt aus der Charlotte 11/14·
Gesamtherstellung: Druckerei C. H. Beck, Nördlingen
Gedruckt auf säurefreiem, chlorfrei gebleichtem Papier
Printed in Germany · ISBN 978-3-423-78254-8

Es passierte völlig unerwartet. Nichts hatte darauf hingedeutet. Alles war in Ordnung gewesen.

Die Autobahn war nicht besonders voll, das Fahren ging fast wie von selbst. Das Radio dudelte leise vor sich hin und sie summte mit, während sie das Fenster ein wenig herunterkurbelte. Durch den Spalt wehte die Nachtluft herein, die immer noch warm war und nach Sommer, abgeriebenem Gummi und Abgasen roch. Es war ein heißer Tag gewesen. Heiß und lang, doch bald waren sie zu Hause.

Sie warf einen Blick in den Rückspiegel. Lena schlief. Ihr Kopf war zur Seite gesunken, die langen Haare verdeckten ihr schmales Gesicht. Sie war völlig erschöpft. Kein Wunder, es war viel später geworden, als sie geplant hatte. Eigentlich hatten sie zum Abendessen wieder zu Hause sein wollen, aber dann war es so nett gewesen bei Cora und Holger auf der Terrasse.

Im Radio begann ein neuer Song. Es war ein Sommerhit aus dem letzten Jahr, den sie immer sehr gern gehört hatte. Leise sang sie mit. Lena murmelte etwas im Schlaf. Ein Schild kündigte die Ausfahrt an. Sie setzte den Blinker, wechselte von der mittleren auf die rechte Spur. Gleich waren sie zu Hause.

In diesem Moment sah sie den Schatten, der wie

ein unheilvoller Komet auf sie zuraste. Dann zerbarst die Nacht. Ein lauter Knall, der ihr Trommelfell zerschnitt und die Luft aus ihren Lungen quetschte. Die Dunkelheit vor der Windschutzscheibe zersplitterte in tausend Scherben. Sie schrie auf, riss das Lenkrad herum. Wie in Zeitlupe drehte sich der Wagen einmal um die eigene Achse. Die Räder auf der Fahrerseite hoben ab, sie segelten auf die Leitplanke zu. Einen Moment schien das Auto der Schwerkraft zu trotzen, bevor es gegen die Leitplanke krachte.

Ein letzter Gedanke zuckte wie ein stummer Schrei durch ihren Kopf.

Lena!

Dann wurde es dunkel.

Samstag

1

»Wie sehe ich aus?« Pia betrachtete sich kritisch in dem großen Spiegel an meiner Zimmerwand.

»Super«, sagte ich. »Wie immer.«

Pia fuhr sich mit allen zehn Fingern durch ihre langen, blonden Haare und seufzte. »Wenn meine Haare bloß nicht immer so platt herunterhängen würden. Sie haben überhaupt kein Volumen.«

»Stimmt.« Ich verzog keine Miene. »So kannst du echt nicht auf die Straße gehen.«

Ich kannte Pia fast so gut wie mich selbst. Sie wusste genau, dass sie super aussah. Ihr ständiges Gejammer über ihre Haare, ihre (perfekte) Figur und ihre (angeblich) zu große Nase war reine Show. Fishing for compliments. Aber bei mir fischte sie vergeblich. Ich tat ihr schon lange nicht mehr den Gefallen zu widersprechen.

Pia boxte mich in die Seite. »Ekel!«

Ich grinste und hielt ihr die Sektflasche hin. »Trink lieber noch was, Vogelscheuche.« Pia griff nach der Flasche und nahm einen großen Schluck.

Das war unser Ritual. Wir gingen fast jeden Samstag aus. Ins *Rock Café*, die einzige Disco der Stadt, die halbwegs akzeptable Musik spielte, auf Partys oder Konzerte. Vorher trafen wir uns bei Pia oder mir, stylten uns und tranken Sekt. Vorglühen nannte Pia das.

Sie gab mir die Flasche zurück. Ich setzte sie an die Lippen und ließ den letzten Rest lauwarmen Sekt meine Kehle hinunterlaufen. Dann zückte ich mein Handy und filmte unser Spiegelbild. Ich hatte eine Weihnachtsbaum-Lichterkette um den Spiegel drapiert und die vielen kleinen Glühbirnen leuchteten wie Sterne vor der dunkelgrauen Wand. Sie waren die einzige Lichtquelle im Zimmer, abgesehen von den Kerzen, die in einem zweiarmigen Leuchter auf der Fensterbank flackerten. Den Leuchter hatte ich vom Flohmarkt. Er war alt und angelaufen, aber ich mochte die schnörkeligen Verzierungen, die sich seinen Fuß hinaufrankten, und die Vorstellung, dass er schon vielen Menschen vor mir Licht gespendet hatte.

Auf dem Display meines Handys erschienen zwei Mädchen, ein blonder Engel und eine Schwarzhaarige mit blassem Gesicht und dunkel umrandeten Augen. Pia und ich. Früher hatten wir einander ziemlich ähnlich gesehen, aber seit ich vor zwei Jahren damit angefangen hatte, mir die Haare zu färben, und Schwarz zu meiner Lieblingsfarbe erklärt hatte, war eine Verwechslung absolut ausgeschlossen. Mir gefiel das dunkelhaarige Mädchen auf dem Display. Es sah cool aus. Und irgendwie unnahbar.

Schwenk durch mein Zimmer. Der kleine Schreibtisch, auf dem sich lauter Schulkram neben meinem alten, zerkratzten Laptop stapelte. Die Matratze auf dem Boden mit den vielen Kissen und dem schwarzen Bettzeug. Der abgeschabte Teppichboden (kackbraun), von dem man glücklicherweise nicht viel sah, weil ich schwarze Flokati-Teppiche darübergelegt hatte. Die grauen Wände (selbst gestrichen), die meine Mutter absolut furchtbar fand. Ihrer Meinung nach verwandelten sie mein Zimmer in eine dunkle Höhle. Dass ich genau das damit bezweckt hatte, ging ihr einfach nicht in den Kopf. Das Bücherregal, vollgestopft mit alten Kinderbüchern, Krimis, Romanen und zerfledderten Comics. Zwischen den Bücherstapeln ein paar Fotos in silbernen Rahmen. Pia und ich beim Karneval vor fünf Jahren. Sie als Prinzessin, ich als Seeräuber. Markus mit Dreitagebart und hellblauen Augen, die von selbst zu leuchten scheinen. Mein Vater, der mich auf den Schultern trägt und dabei lacht, als würde er mein Gewicht gar nicht spüren. Seine Hände um meine schmalen Knöchel in geringelter Strumpfhose.

Schwenk zurück. Pia zog noch einmal ihre Lippen nach, zupfte ihr durchscheinendes Spitzentop zurecht und warf mir im Spiegel eine Kusshand zu. »Auf geht's. Jetzt erobern wir die Nacht!«

Der blonde Engel verschwand, nun blickte mich

nur noch die Dunkelhaarige vom Display aus an. Ich lächelte ihr zu, sie lächelte zurück. »Wir werden heute jede Menge Spaß haben«, versprach ich ihr, bevor ich das Handy in die Tasche steckte.

2

Pia schwankte leicht, als sie vor mir die schmale Treppe hinunterging. Im Erdgeschoss schlüpfte ich schnell in meine Chucks und griff nach der abgewetzten Jeansjacke, die auf dem Stuhl neben der Garderobe lag.

Meine Mutter war nicht da. Sie hatte Spätschicht und würde frühestens um halb elf zurück sein. Was gut war, denn sie wäre von meiner Sektfahne alles andere als begeistert gewesen. Sie hasste es, wenn ich trank. Wahrscheinlich hatte sie im Krankenhaus zu viele Kids mit Alkoholvergiftung behandelt. Dass ich alt genug war, um meine eigenen Entscheidungen zu treffen, drang nur ganz allmählich in ihr Bewusstsein.

Auf dem Weg zur Tür musste ich aufstoßen. Saurer Sektgeschmack stieg meine Kehle hinauf und ich hielt mir automatisch die Hand vor den Mund. Pia schwang sich kichernd ihren Rucksack über die Schulter.

»Ups!« Ich kramte in meinen Taschen nach einem Kaugummi. Stattdessen fand ich ein altes, leicht verklebtes Pfefferminzbonbon und steckte es in den Mund. »Kann losgehen.«

Ich löschte das Licht und wir verließen das Haus.

Es dämmerte, als wir uns auf unsere Räder schwangen und losradelten. Es war immer noch sehr warm, doch der Fahrtwind brachte zumindest ein bisschen Kühlung. Er wehte meine Haare nach hinten und blies meinen schwarzen Falten-Minirock hoch. Ein paar Jungs, die uns auf dem Bürgersteig entgegenkamen, pfiffen anerkennend. Ich ignorierte sie.

Wir fuhren langsam, obwohl wir spät dran waren. Markus würde bestimmt schon warten, aber das machte mir nichts. Falls ich deswegen ein schlechtes Gewissen gehabt hatte, war es in einer Mischung aus lauwarmem Sekt und Partylaune ertrunken. Außerdem war es einfach zu schwül, um sich zu beeilen.

Pia atmete tief ein. »Diese Nacht riecht nach jeder Menge Party, Spaß und Sex! Ich muss heute unbedingt einen Typen klarmachen, sonst sterbe ich.«

»Paul?«, fragte ich, während die Häuser in Zeitlupe an uns vorbeizogen. Aus den geöffneten Fenstern drangen Stimmen, Fernsehgeräusche und der Geruch nach Bratkartoffeln mit Speck. Irgendjemand hörte Volksmusik. Für einen Moment hatte ich das seltsame Gefühl, durch eine Theaterkulisse zu fahren.

Pia verzog das Gesicht. »Quatsch! Mit Paul wird's allmählich langweilig. Außerdem scheint er die falschen Schlüsse zu ziehen. Er hat letzte Woche dreimal versucht, mich anzurufen. Denkt er, wir wären jetzt zusammen oder so was, bloß weil wir ein paarmal im Bett gelandet sind?«

Pia hatte noch nie eine längere Beziehung gehabt. Dafür aber jede Menge Sex. Sie schleppte fast jedes Wochenende einen anderen Typen ab. Dass ihre Wahl mehrmals hintereinander auf denselben fiel, war die absolute Ausnahme. Im Vergleich dazu war mein Liebesleben ziemlich langweilig. Markus und ich waren seit einem halben Jahr zusammen. Erst lief es ganz gut, doch seit einer Weile kriselte es. Das anfängliche Kribbeln, das ich in seiner Gegenwart ständig gespürt hatte, machte sich immer seltener bemerkbar, dafür stritten wir uns umso öfter. Ich hatte mich sogar schon gefragt, warum ich überhaupt noch mit Markus zusammen war. Ich schob den Gedanken schnell beiseite, bevor ich schlechte Laune bekam.

»Warum probierst du's nicht mal ernsthaft mit Paul?«, fragte ich. »Ich finde ihn echt nett.« Ich wich einer dicken, getigerten Katze aus, die am Ortsrand majestätisch über die Straße stolzierte.

Pia zog einen Schmollmund. »Ja, echt nett und echt langweilig. Im Bett hat er auch nicht besonders viel drauf. Letztes Mal bin ich fast dabei eingeschlafen. Was ich jetzt dringend brauche, ist Abwechslung.«

Wir hatten den Ort verlassen und fuhren auf einem asphaltierten Radweg zwischen den Feldern hindurch in Richtung Autobahn. Wir waren nicht die Einzigen. Vor und hinter uns waren kleinere und größere Gruppen von Leuten unterwegs, zu Fuß oder auf Fahrrädern. Alle strömten in eine Richtung. Zum Blauen See, einem kleinen Baggerloch im Wald auf der anderen Seite der Autobahn. Dort fand heute das alljährliche *Rock am See*-Festival statt. Es war der Höhepunkt des Sommers, die letzte Gelegenheit, ausgiebig zu feiern, bevor die Schule und der Lernstress wieder richtig losgingen. Bevor die Tage kürzer wurden und der Herbst begann.

Dieses Schuljahr würde hammerhart werden. Die letzte Versetzung hatte ich nur knapp geschafft. Ich war in der Fünften schon einmal sitzen geblieben, eine weitere Ehrenrunde konnte ich mir nicht leisten. Noch etwas, woran ich heute nicht denken wollte.

Als wir über die Autobahnbrücke radelten, wehte der Wind Musik zu uns herüber. Gitarre und Schlagzeug. Die erste Band spielte bereits. Ich wollte diesen Abend unbedingt genießen. Noch einmal so richtig durchstarten, bevor am Montag der Ernst des Lebens wieder losging.

Das war zumindest der Plan.

3

»Da seid ihr ja endlich!«

Markus lehnte am Schlagbaum, der den Beginn des Festivalgeländes markierte. Er schnippte seine Zigarette in den Sand und kam auf uns zu. Er trug das dunkelbraune *Tomte*-Tour-T-Shirt, das ich ihm als Erinnerung an unser erstes gemeinsames Konzert zum Geburtstag geschenkt hatte, und seine löchrige Lieblingsjeans. Seine Augen lächelten, als er mich sah, und ich bekam nun doch noch ein schlechtes Gewissen. Er war kein bisschen sauer, weil ich ihn hatte warten lassen. Wie immer.

Ich bremste und stieg vom Rad. »Sorry, ist etwas später geworden.«

»Wir mussten uns erst noch hübsch machen.« Pia kicherte.

Markus stand jetzt direkt vor mir. Er strich mir eine leicht verschwitzte Haarsträhne aus der Stirn und fuhr mit dem Finger meinen Hals entlang. »Du siehst toll aus.« Er küsste mich. Es schmeckte nach Tabak und Pfefferminzkaugummi. So vertraut und doch irgendwie schal. Seit wann eigentlich?

Sein Mund hatte mir gleich gefallen. Er war ziemlich groß, mit prallen, sanft geschwungenen Lippen. Der ideale Kussmund, hatte ich gedacht, als ich Markus zum ersten Mal ins Gesicht sah. Das war vor einem Dreivierteljahr auf einem Konzert im Alten Schlachthof gewesen. Rock und Punk von verschiedenen Newcomer-Bands. Die meisten ziemlich schlecht, es war kein besonders toller Abend gewesen. Pia und ich wollten gerade gehen, als Markus mich anrempelte. Sein Bier schwappte auf meine Jeans. Ich war ziemlich sauer. Er entschuldigte sich ungefähr tausendmal und bestand darauf, mir und Pia als Entschädigung etwas zu trinken auszugeben. Ich hatte eigentlich keine Lust, aber Pia war sofort Feuer und Flamme. Kein Wunder, Markus passt genau in ihr Beuteschema. Groß, blonde Wuschelhaare, Koteletten, Dreitagebart. Und dann noch der Kussmund und seine tollen blauen Augen. Wenn er einen damit ansieht, ist das, als würde einem die Sonne ins Gesicht scheinen. Warm, angenehm, einfach ein rundum gutes Gefühl.

Pia baggerte Markus nach allen Regeln der Kunst an, während ich etwas gelangweilt danebenstand. Aber er ging überhaupt nicht darauf ein. Er schien immun gegen Pias Charme zu sein und das kommt wirklich nicht oft vor. Statt mit meiner besten Freundin zu flirten, wollte er wissen, was ich für Musik höre. So fing alles an.

»Ihr habt noch nichts verpasst«, sagte Markus. Seine Hand lag auf meiner Hüfte. »Die erste Band hat gerade erst angefangen.«

»Na dann, nichts wie rein ins Vergnügen!« Pia marschierte sofort los.

Wir schoben unsere Fahrräder ein Stück den

Sandweg entlang, lehnten sie an einen Baum und ketteten sie aneinander. Der Wald war voller Fahrräder, sie standen überall herum wie die Objekte eines seltsamen Kunstprojekts.

Der Festivalplatz war erst zur Hälfte gefüllt. Vor der Bühne hatte sich ein kleiner Pulk gebildet, vermutlich eingefleischte Fans der Band, die sich dort gerade abmühte. Sie spielten Coverversionen von AC/DC und das nicht einmal schlecht. Trotzdem kam keine richtige Stimmung auf. Die meisten Besucher warteten auf die Haupt-Acts des Abends und hielten sich bis dahin in der Nähe der Getränkebuden auf.

»Wollt ihr was trinken?«, fragte Markus über die Musik hinweg. Sein Arm lag locker auf meinen Schultern, während wir über den Platz schlenderten. Ich unterdrückte den Impuls, ihn abzuschütteln.

Anfangs hatte mir das gefallen. Händchen halten, Arm in Arm durch die Gegend laufen, eng aneinandergeschmiegt, sodass jeder sehen kann, dass man zusammengehört. Zu zweit sein, nicht mehr allein. In Sicherheit. Jetzt nervte mich dieses Beziehungsgetue immer öfter. Vielleicht machte mich zu viel Nähe einfach aggressiv.

»Für mich ein Bier«, sagte Pia.

»Okay.« Markus nahm den Arm von meiner Schulter und ich atmete sofort wieder freier. »Und für dich?«

»Dasselbe.«

Er verschwand zwischen den Leuten, die den

nächstgelegenen Getränkestand umlagerten. Die Sommernacht senkte sich sanft über den Platz. AC/DC schepperte aus den Boxen. Es roch nach Fichtennadeln, trockener Erde und Gras. Nach der langen Hitzeperiode war der Boden hart und rissig. Ein dünner Staubfilm hatte sich auf meine Chucks gelegt. Selbst die hohen Fichten, die den Platz umgaben, sahen grau aus. Irgendwo hinter den Bäumen lag der See. Plötzlich sehnte ich mich nach seinem kühlen, klaren Wasser, das alles abwaschen würde. Den Staub, die leicht melancholische Stimmung, die mich gerade überkam, und den schalen Nachgeschmack von Markus' Kuss.

»Mann, hier ist ja noch überhaupt nichts los«, stellte ich fest.

Die angenehme Benommenheit vom Sekt, die ich zu Hause noch gespürt hatte, war verflogen. Der Fahrtwind hatte sie aus meinem Kopf gepustet. Ich freute mich auf ein kühles Bier.

Pia nickte. »Und die Band ist auch scheiße. Siehst du irgendwen?« Sie schaute sich suchend um.

Ich schüttelte den Kopf. Lauter unbekannte Gesichter leuchteten mir aus dem Blau der Nacht entgegen. Dabei war bestimmt unsere halbe Schule hier.

»Shit!« Pia duckte sich plötzlich und suchte hinter mir Deckung.

»Was ist denn?«

»Da vorne ist Paul mit seinen Kumpels«, zischte Pia. »Sie kommen direkt auf uns zu. Lass uns abhauen!«

Sie griff nach meinem Arm und zerrte mich auf die andere Seite des Getränkestands.

Ich machte mich mit einer schnellen Bewegung los. »Was soll das?«

»Puh, das war knapp.« Pia tat so, als wäre sie gerade einem Killer-Kommando entwischt. »Wenn Paul mich sieht, werde ich ihn bestimmt den ganzen Abend nicht mehr los. Der Typ ist die reinste Klette. Darauf hab ich echt keine Lust.«

»Willst du jetzt etwa ständig vor ihm weglaufen?«, fragte ich. »Das ist doch albern!«

»Nur so lange, bis er checkt, dass ich nichts von ihm will.«

»Warum redest du nicht einfach Klartext mit ihm? Das wäre wesentlich einfacher, als jedes Mal die Flucht zu ergreifen, wenn er irgendwo auftaucht.«

»Hey, ist das da hinten nicht Jakob?« Pia reckte den Hals, um einen Blick über den Pulk von Mittzwanzigern zu werfen, die neben uns standen und sich mit ihren Plastikbechern voller Bier zuprosteten. Wahrscheinlich Studenten aus einer der umliegenden Uni-Städte. Das Festival zog nicht nur Leute aus unserem Ort an, sondern aus der gesamten Region und darüber hinaus.

»Lenk nicht ab!«, sagte ich vorwurfsvoll.

Das war typisch Pia. Mit unangenehmen Themen brauchte man ihr nicht zu kommen. Sie ging Konflikten genauso geschickt aus dem Weg wie Gesprächen, auf die sie keine Lust hatte.

»Das ist er, eindeutig.« Pia grinste, ohne auf meine Bemerkung einzugehen. »Ich glaube, heute ist mein Glückstag.«

Sie ließ mich stehen, schlängelte sich durch die Menge und tippte einem hochgewachsenen Typ auf die Schulter. Als er sich umdrehte, erkannte ich ihn auch. Jakob Irgendwas, der Neue aus unserer Klasse. Vorgestern hatte Herr Mertens ihn mitgebracht und als »neues Mitglied unserer Klassengemeinschaft« vorgestellt. Jakob hatte neben ihm gestanden und keine Miene verzogen. Er war weder rot geworden noch hatte er zu Boden geschaut. Er hatte uns einfach gemustert, einen nach dem anderen, ohne große Neugier. Dann hatte er sich auf dem einzigen freien Platz rechts von mir niedergelassen und seitdem kaum mehr als drei Worte von sich gegeben. Die Versuche einiger Mädels, in der Pause mit ihm Kontakt aufzunehmen und ihn ein bisschen auszufragen, hatte er allesamt höflich, aber bestimmt abgeblockt. Niemand wusste, woher er kam, was ihn hierher verschlagen hatte und warum es scheinbar unter seiner Würde war, mit uns zu reden.

»Cooler Typ«, hatte Pia mir zugeraunt. Ich hatte das Glitzern in ihren Augen gesehen. Es war nur eine Frage der Zeit gewesen, wann sie es bei ihm versuchen würde. Jetzt war offenbar der richtige Moment gekommen. Kurz erwog ich, eine Wette mit mir selbst darüber abzuschließen, ob Pia es schaffen würde, bei Jakob zu landen, oder nicht. Doch da ich ihre Chancen absolut nicht einschätzen konnte, ließ ich es bleiben.

Ich sah, wie Pia Jakob ansprach. Sie lächelte, seinen Gesichtsausdruck konnte ich nicht deuten. Er schien überrascht zu sein, aber nicht wirklich begeistert. Eher amüsiert. Pia zeigte zu mir, legte den Kopf schief. Sie griff nach seinem Arm, er folgte ihr. Sie gaben ein schönes Paar ab. Er war einen Kopf größer als sie, eher drahtig als muskulös, die dunklen Haare nachlässig mit etwas Gel gestylt. Sie tänzelte wie eine blonde Elfe vor ihm über den staubigen Platz, zwischen den Festivalbesuchern hindurch, die allmählich etwas zahlreicher wurden.

»Sieh mal, wen ich getroffen habe!«, rief Pia aufgedreht.

»Hallo«, sagte Jakob.

Ich nickte ihm zu. »Hi. Ich bin Jenny.«

»Ich weiß.«

Während Jakobs Blick auf mir ruhte, fielen mir zum ersten Mal seine Augen auf. Sie waren dunkel und matt wie schwarzes, unpoliertes Glas. Als würden sie das Licht aufsaugen.

Markus erschien neben mir. »Da seid ihr ja! Ich hab euch schon überall gesucht. Verdammt voll am Getränkestand.« Er verteilte Plastikbecher mit Bier an Pia und mich.

»Das ist Jakob«, sagte Pia. »Er ist neu in unserer Klasse.«

»Tatsächlich?« Markus musterte Jakob mit einem schnellen Blick, während er demonstrativ den Arm um meine Hüfte legte und seine Finger unter meinen Nietengürtel schob. »Hast du mir gar nicht erzählt.«

»Hab ich wohl vergessen.« Ich war plötzlich genervt. Was sollte dieses besitzergreifende Getue? Ich konnte es nicht leiden, wenn Markus mich wie sein Eigentum behandelte. Ich machte einen Schritt zur Seite, sodass er mich loslassen musste, trank einen Schluck Bier und tat so, als würde ich sein Stirnrunzeln nicht bemerken. Das Bier war lauwarm und schmeckte abgestanden. Trotzdem tat der bittere Geschmack auf der Zunge gut.

»Markus.« Markus schüttelte Jakobs Hand. »Und? Wie gefällt's dir hier so?«

Jakob zuckte mit den Schultern. »Kann ich noch nicht sagen. Wir sind erst vor einer Woche hergezogen.«

»Wo hast du denn vorher gewohnt?«, wollte Pia wissen.

»In Süddeutschland. Ein kleines Kaff in der Nähe von Rosenheim, kennst du bestimmt nicht.«

»Ist dein Vater versetzt worden?«, fragte Pia weiter. Ich musste beinahe grinsen. Pia konnte ziemlich hartnäckig sein. Aber Jakob ließ sich nicht so leicht aushorchen.

»So was Ähnliches«, antwortete er knapp.

»Na dann – darauf, dass du dich schnell bei uns einlebst.« Markus hob seinen Becher. »Prost!«

Wir stießen an und tranken. Die Band hatte ihren Auftritt inzwischen beendet und war in den Backstagebereich verschwunden. Eine Handvoll Fans stand noch vor der Bühne, klatschte und pfiff hartnäckig. Aber offenbar war keine Zugabe geplant. Gedudel vom Band setzte ein, angenehm leise nach dem Heavy-Metal-Sound. Der Andrang an den Getränkebuden nahm zu, weil sich alle in der Pause mit Bier versorgen wollten. Grölende Festivalbesucher schoben sich an uns vorbei und ich machte noch einen Schritt zur Seite, um nicht angerempelt zu werden.

Markus unterbrach das kurze Schweigen, das sich zwischen uns ausgebreitet hatte. »Hoffentlich ist die nächste Band besser.«

»Wer spielt denn gleich?«, fragte Pia.

Markus zog einen zerknitterten Zettel aus seiner Hosentasche. »*Jumping Fish*. Kenn ich nicht. Aber danach spielt *XXL*, die will ich unbedingt sehen. Die sollen richtig gut sein.« Er steckte den Zettel wieder weg.

»Jetzt wird sowieso erst mal umgebaut«, sagte Pia. »Sollen wir woanders hingehen, bis die nächste Band anfängt? Vielleicht ist nachher mehr los.«

Markus warf mir einen fragenden Blick zu. Ich zuckte mit den Schultern. »Von mir aus.« Im Grunde war es mir ziemlich egal, wo wir herumhingen.

»Kommst du mit?« Pia sah Jakob von der Seite an.

Er zögerte kurz und ich ging davon aus, dass er Nein sagen würde. Doch dann nickte er. »Okay.«

Wir liefen den Sandweg durch den Wald zurück bis zur Autobahnbrücke. Der Weg war nicht beleuchtet. Die Lichter vom Festivalplatz verblassten allmählich und silbrig weißes Mondlicht sickerte zwischen den Bäumen hindurch. Uns kamen jede Menge Leute entgegen. Nachher würde definitiv mehr los sein. Vielleicht kam dann endlich richtig Stimmung auf. Bisher war der Abend ziemlich lau verlaufen.

4

Wir hingen auf der Autobahnbrücke herum und schlugen die Zeit tot. Ich saß neben Pia auf dem Asphalt, das Geländer im Rücken. Genau genommen war es hier genauso öde wie auf dem Festivalplatz, aber das störte niemanden. Das Bier war längst alle. Pia zog etwas aus ihrem Rucksack.

»Seht mal, was ich hier habe!« Sie schwenkte eine Weinflasche. »Der gute Lambrusco vom Supermarkt. Möchte jemand einen Schluck?«

Sie öffnete den Schraubverschluss und reichte mir die Flasche. Ich trank als Erste, dann gab ich den Wein an Jakob weiter, der neben mir am Geländer lehnte. Markus und er rauchten und unterhielten sich über Belanglosigkeiten. Machten dumme Witze, redeten ein bisschen über Musik, Filme und

Fußball. Bildeten Silben, Wörter und Sätze, ohne wirklich etwas zu sagen. Ich hörte nur mit halbem Ohr zu. Trotzdem registrierte ich, dass Jakob nicht viel von sich preisgab. Er ließ hauptsächlich Markus reden. Markus' Stimme klang weich, die Wörter aus seinem Mund verwaschen. Wie immer, wenn der Alkohol zu wirken begann. Meistens wurde er irgendwann furchtbar rührselig, schwor mir ewige Liebe und versicherte immer wieder, dass ich seine absolute Traumfrau sei. Ich wusste jetzt schon, dass ich heute keine Lust darauf hatte.

Ich zog mein Handy heraus und filmte den grauen Asphalt, auf dem ich saß. Das Geländer gegenüber, dahinter die Autobahn. Weiße und rote Lichter in der Dunkelheit, die näher kamen und sich wieder entfernten. Es war nicht viel Verkehr. Schwenk zu Pia. Ihr blasses Engelsgesicht sah im grellen Neonlicht der Brückenbeleuchtung etwas kränklich aus. Der tropfenförmige Anhänger an ihrem Silberkettchen hob sich dunkel von ihrem Hals ab. Sie winkte und machte einen Kussmund. Dann flüsterte sie mir zu: »Was hältst du von Jakob? Der ist doch süß, oder?«

Ich zuckte mit den Schultern. Süß war eindeutig das falsche Wort. Unnahbar traf es eher. Er legte es offenbar darauf an, geheimnisvoll zu wirken. Vielleicht war das seine Masche.

»Ich finde ihn eher distanziert. Und ziemlich arrogant.« Ich filmte Pias Gesicht, während ich sprach. »Vielleicht steht er nicht auf Mädchen.«

Sie kicherte. »Das werde ich schon noch herausfinden, keine Sorge.« Ihre Augen glitzerten siegessicher. Ich kenne niemanden, der so viel Selbstvertrauen hat wie Pia. Sie kriegt alles, was sie will. Normalerweise jedenfalls.

Ich filmte, wie Pia aufstand und zu den Jungs hinüberging. »Hast du vielleicht eine Zigarette für mich?«, fragte sie Jakob.

»Klar.« Er zog eine Zigarettenschachtel aus seiner abgewetzten Lederjacke und hielt sie Pia hin. Pia bediente sich. Normalerweise raucht sie nicht. Nur, wenn sie betrunken ist oder Eindruck auf einen Typen machen will. An diesem Abend traf beides zu. Sie ließ sich von Jakob Feuer geben, inhalierte tief und blies Jakob den Rauch ins Gesicht. Er sah sie an und ich hätte zu gern gewusst, was er dachte.

Schwenk zu Pia. Sie warf ihre Haare über die Schulter zurück. »Hast du hier schon ein paar Leute kennengelernt?«

»Nicht wirklich.« Jakob klang nicht so, als würde er es bedauern.

»Du bist eher der Einzelgänger-Typ, stimmt's?« Pia lächelte. »Das gefällt mir.«

»Tatsächlich?« Jakob zog eine Augenbraue hoch.

Pia nickte langsam. »Tatsächlich.«

Aus der Ferne ertönte das monotone Hämmern eines Schlagzeugs. Die nächste Band hatte mit dem Soundcheck begonnen.

Pia zog noch einmal an ihrer Zigarette, dann

schnippte sie sie über die Brüstung. Ein rot glühender Punkt, der immer kleiner wurde, bis er irgendwo in der Dunkelheit auf dem harten Asphalt der Autobahn landete. »Scheint gleich weiterzugehen«, stellte sie fest. »Wollen wir zurück?«

»Ach was, das dauert bestimmt noch.« Meine Stimme aus dem Off. »Die brauchen doch immer ewig für den Soundcheck.« Ich hatte keine Lust aufzustehen.

»Genau.« Schwenk zu Markus. Er setzte sich neben mich. So dicht, dass sich unsere Schultern berührten und ich die Wärme seiner Haut spüren konnte. Das Bild wurde unscharf. »Wir bleiben noch ein bisschen hier.«

»Wie ihr wollt.« Pias Schulterzucken auf dem Display. Sie wandte sich an Jakob. »Kommst du wenigstens mit? Oder willst du mich alleine durch den dunklen Wald gehen lassen?«

»Natürlich nicht.« Jakobs Augen funkelten spöttisch. »Du könntest dich schließlich verirren und von wilden Tieren gefressen werden.«

»Genau.« Pia zwinkerte mir zu. Sie war sich ihrer Sache sehr sicher. »Und ihr zwei treibt's nichts zu bunt, okay? Wir sehen uns später.«

Pia und Jakob gingen davon. Ich filmte, wie ihre Hand beiläufig die seine streifte. Als die beiden Silhouetten in der Dunkelheit verschwunden waren, beendete ich die Aufnahme und steckte das Handy ein.

»Möchtest du Wein?« Ich hielt Markus die Flasche

hin, die neben mir auf dem Boden stand. Sie war noch halb voll.

Er schüttelte den Kopf. Ich nahm einen Schluck und stellte die Flasche wieder weg.

»Pia scheint ja ziemlich auf diesen Jakob abzufahren.« Markus grinste. »Ich wette, zwischen den beiden läuft heute noch was.«

»Vielleicht. Vielleicht auch nicht.« Irgendetwas störte mich an der Vorstellung von Pia und Jakob, die sich im Wald zwischen Blättern und Moos wälzten. Ich wusste bloß nicht, was. Und dann entglitt mir der Gedanke auch schon mir wieder.

»Erst dachte ich, der Typ will was von dir.« Markus versuchte, locker zu klingen, aber es gelang ihm nicht richtig. Er ist ziemlich eifersüchtig, auch wenn er das nie zugeben würde.

Ich runzelte die Stirn. »Wie kommst du denn darauf?«

»Er hat dich vorhin so komisch angestarrt.«

»Quatsch«, sagte ich. »Das hast du dir nur eingebildet.« Trotzdem begann mein Herz, schneller zu schlagen.

»Hab ich nicht.« Markus' Mund war jetzt ganz nah an meinem Ohr. »Und ich kann's ihm nicht mal verdenken. Du bist eben eine Klassefrau.«

Er fuhr mit der Zunge über mein Ohrläppchen, knabberte kurz an den zahllosen Ohrsteckern und begann, meinen Hals zu küssen. Gleichzeitig fuhr seine Hand unter mein T-Shirt. Ziemlich schnell hatten seine Lippen meinen Mund erreicht. Einen Moment spürte ich wieder das angenehme Kribbeln, das Markus' Küsse am Anfang jedes Mal bei mir ausgelöst hatten. Ich schloss die Augen, ließ mich auf seinen Schoß ziehen und schlang die Arme um seinen Hals. Mein Gehirn schaltete sich aus und ich überließ mich ganz dem prickelnden Verlangen, das meinen Körper durchströmte. Markus stöhnte leise und begann, sich sanft unter mir zu bewegen. Als seine Hände nach meinem BH-Verschluss tasteten, versteifte ich mich.

»Nicht.« Ich öffnete die Augen.

»Warum nicht?«, fragte Markus atemlos.

Ein Pärchen näherte sich im Lichtkegel der Straßenlaterne und überquerte eng umschlungen die Autobahnbrücke. Schnell zog ich mein T-Shirt herunter und rutschte von Markus' Schoß. »Hier kommen doch ständig Leute vorbei.«

»Na und?« Markus legte seine Hand auf den Streifen nackter Haut zwischen meinem T-Shirt und dem Rock. »Ist doch egal.«

»Mir aber nicht.«

»Dann gehen wir eben woanders hin.« Markus begann wieder, an meinem Ohr zu knabbern. »Im Wald finden wir bestimmt ein ruhiges Plätzchen.«

Ich schüttelte den Kopf. »Lass uns lieber zurückgehen. Pia fragt sich bestimmt schon, wo wir bleiben.« Die Magie des Augenblicks war vorüber. Ich wollte wieder unter Menschen, Markus' Nähe wurde mir plötzlich zu viel.

»Unsinn.« Seine Hand strich über meinen Bauch und spielte mit dem schmalen, silbernen Ring im Bauchnabel. »Die ist bestimmt mit Jakob beschäftigt. Da stören wir nur. Außerdem wäre ich jetzt viel lieber mit dir allein. Du machst mich echt wahnsinnig. Weißt du das eigentlich, dass du meine absolute Traumfrau bist?«

Er wollte mich wieder auf seinen Schoß ziehen, aber ich befreite mich aus seiner Umarmung und sprang auf. »Hör auf! Ich will nicht, kapiert?«

Markus sah zu mir auf. »Was ist denn jetzt schon wieder los?«

»Nichts. Ich hab eben einfach keine Lust.« Ich verschränkte die Arme vor der Brust.

Markus erhob sich ebenfalls. »Das sagst du jedes Mal. Ich versteh das nicht, Jenny. Stimmt irgendwas nicht mit mir? Hab ich Mundgeruch oder so was?«

»Quatsch.« Ich wich seinem Blick aus. »Mir geht das nur ein bisschen zu schnell, das ist alles.« Ich merkte selbst, wie wenig überzeugend das klang.

»Zu schnell?« Markus schüttelte den Kopf. »Wir sind seit über einem halben Jahr zusammen. Ich liebe dich. Worauf wartest du noch?«

Ich sah ihn trotzig an. »Ich warte auf den richtigen Zeitpunkt. Hör auf, mich ständig zu drängen, das ist nicht fair.«

»Ich dränge dich überhaupt nicht ständig.« Allmählich klang er ziemlich sauer. »Falls es dir noch nicht aufgefallen ist, wir reden heute zum ersten

Mal so richtig über dieses Thema. Bisher bist du mir immer ausgewichen.«

»Unsinn«, murmelte ich, dabei wusste ich genau, dass er recht hatte. »Ich brauche eben noch ein bisschen Zeit.«

Markus seufzte. »Kann es sein, dass die Zeit nicht dein wirkliches Problem ist? Es ist wegen dieser blöden Gras-Geschichte, stimmt's? Ich dachte, das hätten wir geklärt! Ich hab dir versprochen, damit Schluss zu machen, oder?«

Ich nickte widerwillig. »Trotzdem ...«

»Vertraust du mir etwa nicht?« Markus' Augen wurden so dunkel wie der Sommerhimmel kurz vor einem Regenschauer.

Die Sache mit dem Gras war einer der Gründe, weshalb wir uns in den letzten Wochen oft gestritten hatten. Markus hatte mit seinem Kumpel Tom eine kleine Hanfplantage im Schrebergarten von Toms Oma aufgezogen. Die Oma lebte im Altersheim und konnte sich nicht mehr um den Garten kümmern. Erst hatten die beiden nur ein paar Pflänzchen für den Eigenbedarf in die verwilderten Gemüsebeete gepflanzt. Vor neugierigen Blicken gut geschützt hinter einer hohen Lebensbaum-Hecke. Dann hatten sie angefangen, Freunde und Bekannte zu versorgen. Mit der Zeit sprach sich herum, dass man bei ihnen guten Stoff für wenig Geld bekommen konnte. Ihr Kundenkreis wurde immer größer und Tom begann, die Sache wie ein richtiges Geschäft aufzuziehen. Wahrscheinlich dachte er, er könnte damit das große Geld machen.

Mir gefiel das nicht. So was fliegt immer irgendwann auf. Und je mehr Leute davon wissen, desto größer ist die Gefahr, dass jemand quatscht. Ein unzufriedener Kunde, einer von den professionellen Dealern, die sich die Preise nicht kaputt machen lassen wollen, oder einfach irgendwer, der Markus oder Tom eins auswischen will.

Außerdem war Markus letztes Jahr schon mal mit Gras erwischt worden. Bei einer Polizeikontrolle, als er gerade mit Tom aus dem *Rock Café* kam. Das war vor unserer Zeit gewesen, aber er hatte mir davon erzählt. Zum Glück hatte er nicht viel dabei, darum bekam er keinen großen Ärger. Doch beim nächsten Mal würde das anders sein.

Deshalb wollte ich, dass Markus ausstieg. Bevor es zu spät war und er richtige Probleme bekam. Aber er zögerte den Schlussstrich immer wieder hinaus. Er war einfach zu feige, Klartext mit Tom zu reden.

»Hast du endlich mit Tom gesprochen?«, fragte ich.

»Ich bin raus aus der Sache. Endgültig. Zufrieden?« Markus bückte sich, griff nach der Weinflasche und trank einen großen Schluck. Ein paar Leute aus unserer Schule liefen über die Brücke in Richtung Festivalgelände. Sie hatten Bierflaschen in der Hand, lachten und grölten. Dann verschwand der Pulk im Wald jenseits der Brücke und es wurde wieder still. Abgesehen von den Autos, die in unregelmäßigen Abständen unter uns entlangrasten. Und von der Musik, die scheppernd und verzerrt vom Festivalplatz zu uns herüberwehte.

»Warum willst du nicht mit mir schlafen, Jenny?«, fragte Markus plötzlich. »Wovor hast du Angst?«

Ich schluckte. »Ich hab vor gar nichts Angst.« Meine Stimme versagte. Er war so verdammt nah dran an der Wahrheit.

Markus nahm mein Kinn und hob es an, sodass ich ihm in die Augen sehen musste. »Sprich mit mir! Ich will doch nur wissen, was los ist«, sagte er sanft. Sein blauer Blick durchleuchtete mich. Fast hätte ich ihm alles erzählt. Dann machte ich mich mit einem Ruck los. Ich wollte nicht darüber reden. Ich wollte nicht einmal daran denken.

»Was soll schon los sein?«, schnauzte ich ihn an. »Wenn du jemanden fürs Bett brauchst, such dir lieber eine andere.«

Ich ließ Markus stehen und rannte davon. Er rief mir noch etwas nach, aber ich drehte mich nicht um. Tränen liefen mir über das Gesicht. Ich war so geladen, dass ich am liebsten laut geschrien hätte. Ich war sauer auf Markus, weil er seine Finger nicht von mir lassen konnte, und ich war sauer auf mich selbst, weil ich mich wie eine absolute Oberzicke benahm.

Aber am schlimmsten war, dass ich tief in meinem Inneren genau wusste, wem meine Wut tatsächlich galt. Ich hatte geglaubt, ich hätte diese Geschichte längst überwunden. Aber das stimmte nicht. Die Wut war immer noch da. Sie brodelte in mir und riss alte Wunden wieder auf. Es tat so weh, dass ich nach Luft schnappte und kurz stehen blieb, um wieder zu Atem zu kommen und meine wirren Gefühle in den Griff zu kriegen.

Ich hatte jetzt genau zwei Möglichkeiten: Ich konnte mich geschlagen geben, den Abend abhaken, nach Hause fahren und mich unter die Bettdecke verkriechen. Oder ich riss mich zusammen, überwand diesen Tiefpunkt und fing endlich damit an, Spaß zu haben.

Ich bin keine gute Verliererin. Und der Weg des geringsten Widerstands hat mich noch nie gereizt.

Grimmig wischte ich mir die Tränen aus dem Gesicht und fuhr mir mit beiden Händen durch die Haare. Dann ging ich weiter durch die Dunkelheit, immer der Musik nach.

Ich hatte ein Recht auf diesen Abend. Ich hatte ein Recht darauf, mich hier und jetzt zu amüsieren. Und genau das würde ich tun.

5

Der Platz war rappelvoll. Ich drängelte mich zwischen den Festivalbesuchern hindurch und versuchte, Pia zu finden. Hoffentlich war sie nicht schon mit Jakob irgendwo in den Büschen verschwunden. Ich entdeckte ein paar Leute aus unserem Jahrgang. Jemand winkte mir zu. Es war Paul. Ich wollte an ihm vorbeischlüpfen, aber er hielt mich am Ärmel meiner Jeansjacke fest.

»Hey Jenny, wo ist Pia?«

Ich zuckte mit den Schultern. »Keine Ahnung. Hab sie länger nicht mehr gesehen.«

»Sag ihr, dass ich sie suche, okay?« Paul sah mich bittend an. Offenbar stand er wirklich auf Pia. Armer Kerl.

»Klar, mach ich.« Ich lächelte unverbindlich und schob mich weiter. Je näher ich der Bühne kam, desto voller wurde es. Die Band spielte melodischen Pop und vor mir wogte ein Meer aus wippenden Köpfen. Ich stellte mich auf die Zehenspitzen, konnte Pias blonden Haarschopf aber nirgendwo entdecken. Wie auch? In dem Gedrängel war es beinahe unmöglich, jemanden zu finden. Die Luft staute sich zwischen den Menschen, Schweißgeruch mischte sich mit dem Geruch nach Zigarettenrauch, Knoblauch und Bier.

Ich drehte mich um und bahnte mir den Weg zurück, bis es leerer wurde. Vielleicht stand Pia ja irgendwo rum und ließ sich von Jakob ein Bier nach dem anderen ausgeben.

An der nächsten Getränkebude entdeckte ich ihn. Er stand in der Schlange und hatte beide Hände in den Taschen seiner Jeans versenkt. Ich musste zugeben, dass er selbst von hinten ziemlich lässig aussah.

Na also, dann war Pia bestimmt auch nicht weit. Erleichtert ging ich auf ihn zu.

»Hey.«

Er drehte sich um und sah mich überrascht an. »Hey, Jenny.«

»Wo steckt Pia?« Ich sah mich suchend um, konnte sie aber nirgendwo entdecken. Vielleicht war sie gerade auf dem Klo.

Jakob zuckte mit den Schultern. »Weiß ich nicht. Sie hat jemanden getroffen und ich bin weg.«

Ich runzelte die Stirn. »Wen denn?«

»Die zwei Labertanten im Pumuckl-Look aus eurer Klasse.« Jakob grinste spöttisch.

Erst hatte ich keine Ahnung, von wem er sprach. Dann ging mir ein Licht auf. »Meinst du Lara und Marie?« Das waren die beiden, die vergeblich versucht hatten, am ersten Schultag Kontakt mit Jakob aufzunehmen. Sie redeten tatsächlich ziemlich viel – und sie hatten sich vor einer Weile gegenseitig die Haare rot gefärbt. Mit einem kräftigen Stich ins Orangefarbene. Ganz offensichtlich war die Aktion gründlich schiefgegangen, was sie jedoch vehement bestritten. Sie waren nervig, aber harmlos. Pia und ich machten uns auch manchmal über sie lustig, trotzdem ging mir Jakobs überhebliche Art gegen den Strich. Darum fügte ich hinzu: »Es ist jetzt übrigens auch deine Klasse, in die die beiden gehen.«

»Da hast du wohl recht.« Jakob seufzte und fuhr sich mit der Hand durch die Haare. »Pia wollte sich die Band ansehen. Vielleicht ist sie ja mit der Pumuckl-Fraktion nach vorne gegangen.«

Das hörte sich ziemlich merkwürdig an. Ich konnte mir nicht vorstellen, dass Pia Jakob einfach so gehen ließ. Das passte nicht zu ihr. Während Jakob in der Schlange weiter nach vorne rückte, ließ ich meinen Blick über den Platz schweifen. Die Bühne war hell erleuchtet, *Jumping Fish* gaben gerade die erste Zugabe. Das Publikum jubelte begeistert. Gleich hinter der Bühne begann der Wald. Die Fichten ragten wie schwarze Scherenschnitte in den Nachthimmel. Bei den Klohäuschen, die etwas abseits standen, herrschte reger Betrieb, doch es war unmöglich, jemanden zu erkennen. In der Dunkelheit sahen alle Gesichter gleich aus.

»Und wo hast du deinen Freund gelassen?«, fragte Jakob beiläufig, während er den Aushang mit den Getränkepreisen hinter der Theke musterte.

»Markus?« Ich zögerte kurz. »Keine Ahnung. Ich glaube, er wollte sich auch die Band ansehen.«

Ich hatte keine Lust, mit Jakob über meine Beziehungsprobleme zu plaudern. Ganz abgesehen davon, dass ihn das bestimmt kein bisschen interessierte.

»Aha.«

Sein Gesicht war unergründlich und dafür war ich dankbar. Wenn er ahnte, dass Markus und ich uns gestritten hatten, ließ er sich zumindest nichts anmerken.

Ich zögerte, unschlüssig, was ich jetzt tun sollte. »Okay ... dann such ich mal weiter.«

»Hast du es schon auf Pias Handy probiert?«

Ich stöhnte. »Wie blöd von mir, daran hab ich überhaupt nicht gedacht!« Ich zog das Handy aus meiner Jeansjacke und wählte Pias Nummer. Doch ich erreichte nur die Mailbox. »Mist.« Ich steckte das Handy wieder weg. »Sie geht nicht dran.«

Ich merkte, wie die Energie, die mich bisher angetrieben hatte, allmählich verpuffte. Vielleicht sollte ich einfach akzeptieren, dass dies ein verkorkster Abend war. Zoff mit Markus, Pia verschollen und ich stand hier mit einem Typen herum, den ich überhaupt nicht kannte, ja nicht einmal mochte, und der sich mit mir vermutlich zu Tode langweilte.

Warum nimmst du nicht einfach dein Fahrrad und fährst nach Hause, Jenny? Was willst du noch hier?

»Lust auf ein Bier?«, fragte Jakob.

Das Angebot kam so unvermittelt, dass ich im ersten Moment völlig überrumpelt war. Ich wollte schon den Kopf schütteln, ließ es dann aber bleiben. Warum eigentlich nicht? Schlimmer konnte der Abend sowieso nicht mehr werden. Und vielleicht hatte ich ja Glück und Pia tauchte doch noch auf.

»Klar«, sagte ich. »Ein Bier ist genau das, was ich jetzt brauche.«

Während Jakob die Bestellung aufgab, ging ich ein Stück zur Seite, zog meinen Taschenspiegel hervor und warf einen schnellen Blick hinein. Die Wimperntusche war etwas verlaufen, aber es sah nicht weiter schlimm aus.

Jakob kam mit zwei Plastikbechern zu mir rüber und drückte mir einen davon in die Hand.

»Danke.« Ich lächelte ihm zu. »Worauf trinken wir?«

»Auf den Weltfrieden«, sagte er.

Ich starrte ihn verblüfft an. Im letzten Moment entdeckte ich das spöttische Glitzern in seinen Augen und musste lachen. »Fast hättest du mich überzeugt.«

Jakob grinste. »Wovon? Davon, dass ich Pazifist bin?« Er stieß mit mir an. »Eine Welt ohne Gewalt gibt es nicht. Und wird es auch nie geben.«

Diesmal schien er es tatsächlich ernst zu meinen. Ich trank einen Schluck Bier. »Vielleicht. Aber Gewalt ist keine Lösung.«

»Wirklich nicht?« Er sah mich nachdenklich an.

Ich schüttelte den Kopf. »Nein. Zumindest keine gute.«

»Was ist dann die Lösung?«

Ich grinste und hielt meinen Becher hoch. »Alkohol!«

Ich trank das Bier in einem Zug aus. In meinem Magen rumorte es. Morgen würde ich einen Kater haben, aber das war mir egal. Ich hatte Lust, meine Grenzen auszutesten. »Die nächste Runde geht auf mich.«

Jakob kippte sein Bier ebenfalls hinunter, bevor er mir seinen Becher reichte. Er stellte keine Fragen und das gefiel mir. Wenn er den Mund hielt und sich dieses spöttische Grinsen sparte, war er eigentlich gar nicht so übel. Vielleicht war der Abend ja doch noch zu retten.

6

Als ich erwachte, hatte ich einen pappigen Geschmack im Mund. Meine Zunge war geschwollen, mein Hals schmerzte. Ich stöhnte und setzte mich langsam auf. Leider nicht langsam genug. Wie kleine Blitze schoss der Schmerz durch meinen Schädel. Gleichzeitig hämmerte es hinter meinen Schläfen. Ich hörte ein gleichmäßiges Rauschen. Es klang wie eine Tonstörung im Radio. Erst nach einer Weile begriff ich, dass sich das Rauschen in meinem Kopf befand. Ansonsten war alles um mich herum still und dunkel. Doch das Schlimmste war: Ich hatte keine Ahnung, wo ich mich befand.

Ich blinzelte und versuchte, mich zu orientieren. Nachdem sich meine Augen an die Dunkelheit gewöhnt hatten, war sie nicht mehr ganz so undurchdringlich. Ich sah Sitze aus abgewetztem Leder, ein verstaubtes Armaturenbrett und jede Menge Müll im Fußraum. Mein Gehirn setzte die Informationen langsam zusammen.

Kein Zweifel, ich lag in einem Auto.

In wessen Auto?

Jemand hatte den Beifahrersitz heruntergekurbelt und mich zugedeckt. Mit einem zerknitterten Schlafsack, der etwas muffig roch und viel zu warm war.

Wer? Und warum?

Mühsam schälte ich mich aus dem Schlafsack – und erstarrte. Mein Rock war verschwunden! Ich trug nur Slip und T-Shirt, beides ziemlich verschwitzt. Beine und Füße waren nackt. Ich tastete unter mein T-Shirt und atmete erleichtert auf, als ich merkte, dass sich der BH noch an Ort und Stelle befand. Wenigstens etwas.

Ich runzelte die Stirn und versuchte nachzudenken. Mein Kopf zerplatzte fast vor Anstrengung, während ich mir alle Mühe gab, Antworten auf die wichtigsten Fragen zu finden.

Wo war ich?
Wie war ich hierhergekommen?
WAS WAR PASSIERT?

Ganz langsam kam mein Gehirn in Schwung. Es arbeitete im Zeitlupentempo und zeigte mir nur einzelne, unzusammenhängende Bilder. Erinnerungsfetzen.

Jakob und ich prosten uns zu. Beim wievielten Bier sind wir? Keine Ahnung. Ist auch egal. Da ist noch jemand.

Ein Typ, den ihn noch nie gesehen habe. Schwarze, ölige Haare. Oberlippenbärtchen. Schmaler Mund. Das Lächeln genauso schmierig wie die Frisur.

Wer ist das?

Ich schwanke, der Typ stützt mich. Er sagt etwas. Ich lache.

Und dann?

Ich grub in meiner Erinnerung, immer tiefer, aber ich fand nichts. Da war nur ein schwarzes Loch. Panik überkam mich, ich begann zu zittern. Wie war ich in dieses verdammte Auto gekommen? Mein Atem ging immer schneller und mir wurde flau im Magen. Es passierte so plötzlich, dass ich gerade noch die Autotür aufreißen und mich hinausbeugen konnte. Der halb verdaute Inhalt meines Magens ergoss sich ins Gras. Ich würgte und hustete. Tränen liefen mir über das Gesicht.

Als es vorbei war, lehnte ich mich erschöpft zurück. Ich ließ die Autotür offen. Die Nachtluft strich angenehm kühl über mein Gesicht. Wann hatte ich zuletzt gekotzt? Es musste eine halbe Ewigkeit her sein. Ich hatte gar nicht mehr gewusst, wie widerlich das war. Mein Mund fühlte sich an, als wäre jemand mit Schmirgelpapier über die Schleimhäute gefahren. Ich spuckte ein paarmal ins Gras, aber der ekelhafte Geschmack blieb hartnäckig auf der Zunge kleben. Im fahlen Licht der Innenbeleuchtung sah ich mich nach etwas zu trinken um. Ich brauchte jetzt dringend einen Schluck Wasser. Die Rückbank war übersät mit jeder Menge Zeug. Leere Getränkedosen, alte Zeitschriften, Fast-Food-Verpackungen und verschrammte CD-Hüllen. Keine Wasserflasche.

Ein lautes Knacken ließ mich zusammenzucken. In der Stille der Nacht klang es wie ein Schuss. Mit weit aufgerissenen Augen starrte ich nach draußen in die Dunkelheit. Das Auto stand mitten im Wald auf einer kleinen, von Fichten gesäumten Lichtung. Zwischen den Bäumen lauerte die Nacht. War dort jemand? Kam der Autobesitzer zurück? Oder hockte er irgendwo im Unterholz, beobachtete mich und holte sich dabei einen runter? Im erleuchteten Wagen war ich bestimmt gut zu erkennen.

Ich merkte, wie sich die feinen Härchen auf meinen Armen aufstellten. Ich musste hier weg. Und zwar so schnell wie möglich. Hektisch suchte ich nach meinen Klamotten. Die Chucks lagen im Fußraum, zwischen noch mehr CD-Hüllen und leeren Pizza-Kartons. Sie waren total verdreckt. Staub, Erde und Grasbüschel klebten an den Sohlen. Es sah aus, als hätte ich eine längere Wanderung gemacht.

Wohin?

Meinen Rock fand ich zerknüllt auf dem Fahrersitz. Ich schlüpfte schnell hinein. Er war etwas klamm und roch unangenehm, aber das war mir egal. Am rechten Schienbein entdeckte ich zwei Kratzer. Vorsichtig fuhr ich mit den Fingerspitzen darüber. Sie waren nicht besonders tief und bereits verschorft. Ich spürte keinen Schmerz, trotzdem schien die aufgeschürfte Haut unter meinen Fingern zu prickeln. War ich gefallen? Oder hatte mich jemand gestoßen? Hatte ich versucht zu fliehen?

Vor wem?

Ich stieg aus dem Auto und schloss leise die Tür. Die Innenbeleuchtung erlosch, ich stand im Dunkeln. Wieder überrollte mich die Panik. Ich rannte einfach los. Zwischen den Bäumen hindurch, deren Zweige mir ins Gesicht schlugen. Über den weichen Waldboden. Nur weg von hier. Weg von diesem Auto, in dem irgendetwas passiert war, an das ich mich nicht mehr erinnern konnte.

Fast wäre ich gefallen, als ich über eine Wurzel stolperte. Keuchend blieb ich stehen. Der Mond war weitergewandert. Sein Licht fiel jetzt in einem anderen Winkel zwischen den Bäumen hindurch. Ich sah noch mehr Fichten, eine knorrige Eiche und struppige Büsche, die wie zusammengekauerte Ungeheuer am Boden hockten. Ein Windstoß ließ ihre Blätter wispern und irgendwo hinter mir knackte es wieder. Mein Herz schlug so heftig, dass es beinahe wehtat, und ich fuhr mir nervös mit der Zunge über die trockenen Lippen. War ich nicht allein im Wald? Folgte mir jemand? Der Typ, dem das Auto gehörte? Wollte er mich zurückholen?

Ein Bild zuckte durch meinen Kopf.

Dunkelheit. Stille. Ein Wald? Ich höre meinen Atem. Irgendjemand ist hinter mir. Jakob? Oder der andere Typ? Ich kann sein Gesicht nicht sehen. Mir wird klar, dass es nicht mein Atem ist, den ich höre.
Es ist seiner.

Übelkeit stieg in mir hoch, aber diesmal schaffte ich es, sie zurückzudrängen. Die Kopfschmerzen pochten gleichmäßig hinter meinen Schläfen. Mir wurde schwindelig und ich lehnte mich kurz gegen den Stamm der Eiche. Die Rinde fühlte sich rau an und roch würzig. Ich versuchte, ruhig zu atmen und klar zu denken. Aber die Angst blockierte mich, lähmte mich, machte mich fertig. Was, wenn ich den Rückweg nicht fand? Wenn ich kilometerweit von zu Hause entfernt war? Wenn mich gleich eine Hand packte und zurück zum Auto zerrte?

Bevor ich völlig durchdrehen konnte, erblickte ich einen Pfad zwischen den Bäumen. Ich stolperte darauf zu und rannte weiter, froh, mich nicht mehr durchs Unterholz kämpfen zu müssen. Es war nur ein schmaler Trampelpfad, aber er musste trotzdem irgendwohin führen. Einmal meinte ich, Schritte hinter mir zu hören, aber ich drehte mich nicht um. Ich lief, bis ich nur noch meinen eigenen keuchenden Atem wahrnahm. Bis ich Seitenstechen bekam und meine Lungen zu platzen schienen. Bis sich endlich die Bäume lichteten und der Pfad auf einen etwas breiteren Weg mündete.

Ich erkannte den Sandweg, der zum Festivalgelände führte. Vor lauter Erleichterung traten mir Tränen in die Augen. Es tat so gut, sich wieder orientieren zu können. Ich blickte kurz zurück. Der Trampelpfad verlor sich hinter mir in der Dunkelheit. Er war leer. Trotzdem hatte ich immer noch das Gefühl, nicht allein zu sein. Obwohl mir der Schweiß auf der Stirn stand, wurde mir kalt. Fröstelnd schlang ich die Arme um den Oberkörper und ging weiter. Bei jedem Knacken im Wald zuckte ich zusammen, doch ich begegnete keiner Menschenseele.

Als links von mir der große Platz auftauchte, war es, als würde ich aus einem Albtraum erwachen. Ich warf einen flüchtigen Blick hinüber. Die Bühne war dunkel und verwaist, die Getränkebuden waren geschlossen. Trotzdem standen noch erstaunlich viele Leute herum. Ich hatte keine Ahnung, wie spät es war, aber das Festival musste längst vorbei sein. Dafür sprach auch die Atmosphäre auf dem Platz, die sich völlig verändert hatte. Von Party und Ausgelassenheit keine Spur, die Stimmung war eher gedrückt. Es war sehr ruhig, abgesehen von einem Betrunkenen, der auf eine der verrammelten Getränkebuden eindrosch und lautstark fluchte.

Dann sah ich das Polizeiauto am anderen Ende des Platzes. Das Blaulicht war eingeschaltet und tauchte die Gesichter der Umstehenden lautlos in kränkliches, blinkendes Licht. Zwei Polizisten standen ein Stück vom Auto entfernt und redeten mit einer Gruppe Festivalbesucher. Vielleicht machten sie mal wieder Alkohol- oder Drogenkontrollen.

Ich wandte mich ab und ging weiter, dorthin, wo Pia und ich unsere Fahrräder abgestellt hatten. Ich wollte nur noch weg. Pia war wahrscheinlich längst abgehauen, dabei hatte ich heute eigentlich bei ihr schlafen wollen. Und Markus? Jetzt hätte ich nichts dagegen gehabt, mich in seine Arme zu schmiegen, seinen vertrauten Geruch einzuatmen, mich in Sicherheit zu fühlen. Aber er war bestimmt auch schon gefahren. Hoffentlich war wenigstens mein Rad noch da. Nach allem, was passiert war, auch noch den ganzen Weg nach Hause laufen zu müssen, wäre der absolute Supergau.

Ich war so in Gedanken versunken, dass die Stimme erst beim zweiten Mal in mein Bewusstsein drang. Jemand rief meinen Namen. Ich blieb stehen und drehte mich um. Pia lief auf mich zu. Erst als sie direkt vor mir stand, fiel mir auf, wie blass sie war. Ihre Haut sah beinahe durchscheinend aus. Ihre Haare waren zerzaust und von ihrem sorgfältig aufgetragenen Make-up war kaum noch etwas übrig. In den Mundwinkeln klebten Reste von Lippenstift.

»Jenny!« Sie zögerte kurz, bevor sie mich umarmte. »Ich hab dich überall gesucht.«

»Ich dich auch«, sagte ich automatisch.

Pias Mundwinkel zuckten. »Etwas Schreckliches ist passiert. Es hat einen Unfall gegeben.«

7

»Einen Unfall?« Ich hörte Pias Worte, aber ich verstand sie nicht. Nur ganz langsam wurde mir ihre Bedeutung klar.

»Ja, auf der Autobahn.« Pia sah mich nicht an.

Plötzlich wurde mir eiskalt und meine Kopfhaut begann zu kribbeln. »Ist was mit Markus?«

Unser Streit fiel mir wieder ein. Und wie Markus mich angesehen hatte, als ich weggerannt war. Furchtbare Bilder blitzten in meinem Kopf auf: Markus, der auf dem Geländer der Autobahnbrücke balanciert, mit ausgestreckten Armen und geschlossenen Augen. Ein paar Schritte geht alles gut, dann schwankt er, tritt ins Leere, fällt …

»Markus?« Endlich erwiderte Pia meinen Blick. In ihren weit aufgerissenen Augen blitzte für einen Moment so etwas wie Panik auf, dann hatte sie sich wieder im Griff. »Nein, nicht dass ich wüsste. Wie kommst du darauf?«

Ich zuckte mit den Schultern. »War nur so ein Gefühl. Wir haben uns vorhin gestritten.« Ich kniff die Augen zusammen und fuhr mir mit der Hand über die Stirn, als könnte ich so die bohrenden Kopfschmerzen wegwischen. Und den Nebel, der mein Gehirn einhüllte und meine Erinnerung vor mir selbst verbarg. »Was ist denn jetzt eigentlich passiert?«

»Auf der Autobahn hat sich ein Wagen überschlagen.« Pias Stimme klang rau. »Es soll sogar einen Toten gegeben haben.«

Ich schluckte. »Wie schrecklich.« Doch die Ereignisse berührten mich nicht wirklich. Ich war viel zu sehr mit mir selbst beschäftigt. Mit dem schwarzen Loch in meinem Gedächtnis. Und den Bildern, die mein vernebeltes Gehirn produzierte, um das Loch zu füllen. Bilder, die mich nicht mehr losließen.

Zwei Personen in einem Auto mitten im Wald. Beschlagene Scheiben. Dunkelheit. Stille. Lustvolles Stöhnen. Zuckende Körper. Gespreizte Schenkel. Blutige Kratzer auf weißer Haut ...

Fantasie oder Wirklichkeit?

Pias Stimme beendete die Dauerschleife in meinem Kopf. »Die Polizei ist vor einer halben Stunde hier aufgekreuzt, um die Festivalbesucher zu befragen. Besonders viel ist ja nicht mehr los. Als die Nachricht vom Unfall die Runde gemacht hat, sind die Leute in Scharen abgehauen.«

»Hast du Markus gesehen?«, fragte ich.

Pia ließ ihre langen Haare wie einen Vorhang vors Gesicht fallen und schüttelte den Kopf. »Lass uns abhauen.« Sie griff nach meinem Arm und zog mich zu den Fahrrädern. »Bevor die Bullen auftauchen und uns Löcher in den Bauch fragen.«

»Wie spät ist es eigentlich?«, fragte ich, während Pia an ihrem Fahrradschloss herumfummelte.

»Kurz vor eins.«

Die Information prallte an mir ab. Dabei hätte ich mir eigentlich Sorgen machen müssen. Meine Mutter hält sich ziemlich genau ans Jugendschutzgesetz, darum darf ich nur bis zwölf weg. Total albern und ziemlich nervig, aber sie lässt sich nicht davon abbringen. Deshalb schlafe ich am Wochenende meistens bei Pia. Ihre Eltern sind wesentlich lockerer. Um diese Uhrzeit von der Polizei erwischt zu werden, würde eine Menge Ärger bedeuten. Doch das ließ mich völlig kalt. Es war, als würde mich das alles nichts angehen.

Endlich hatte Pia es geschafft, das Schloss zu öffnen. Wir schwangen uns auf die Fahrräder und traten in die Pedale.

Als wir uns der Autobahnbrücke näherten, warf ich automatisch einen Blick zu der Stelle, an der Pia und ich vorhin gesessen und mit Markus und Jakob herumgeblödelt hatten. Es schien mir viel länger als nur ein paar Stunden her zu sein. Jetzt standen dort Schaulustige und betrachteten das Szenario auf der Autobahn. Auf dem Standstreifen parkten mehrere Polizeiwagen. Ein Krankenwagen war ebenfalls da. Sanitäter beugten sich über eine Bahre. Jenseits der Leitplanke lag ein völlig zerknautschtes Auto. Es sah aus, als wäre es bereits in der Schrottpresse gewesen. Unmöglich, die ursprüngliche Form oder das Fabrikat zu erkennen. Und unmöglich, dass jemand aus diesem Wrack lebend herausgekommen war.

Wir hatten die Brücke schon fast überquert, als

ich aus den Augenwinkeln einen großen, dunklen Wagen wahrnahm, der sich beinahe lautlos dem Unfallort näherte und neben dem Krankenwagen hielt. Die hinteren Fenster waren mit gerafften Gardinen verhängt. Ein Leichenwagen.

In diesem Moment traf mich die Erkenntnis so klar und scharf wie ein Glassplitter.

Hier ist heute Nacht jemand gestorben.

Mir wurde wieder übel und ich wünschte mir, wir wären etwas schneller über die Brücke gefahren.

Sonntag

1

Ich gehe durch den Wald. Es ist dunkel, riecht nach Moos und Fichtennadeln. Zweige schlagen mir ins Gesicht, aber ich gehe immer weiter. Ich habe ein Ziel. Meine Schritte federn auf dem weichen Boden. Sie sind lautlos und leicht. Ich fühle mich schwerelos. Hinter mir ertönt eine Stimme. Sie sagt meinen Namen. Immer wieder. Ich drehe mich langsam um. Wie in Zeitlupe gleiten Baumstämme und Äste an mir vorbei. Ich sehe eine Gestalt. Sie hält etwas in der Hand. Sie kommt näher. Ich will weglaufen, aber meine Beine gehorchen mir nicht. Ich öffne den Mund, um zu schreien. Fichtennadeln rieseln hinein, verstopfen meinen Hals, nehmen mir den Atem. Kein Laut kommt aus meiner Kehle.

Ich schreckte hoch und schnappte nach Luft. Meine Hand fuhr zu meinem Mund, aber es waren keine Fichtennadeln da. Ich war nicht im Wald, sondern in Pias Zimmer, auf ihrer Gästematratze. Es war auch nicht Nacht, sondern helllichter Tag.

Beruhige dich, Jenny. Es war nur ein Traum. Nichts weiter, nur ein dummer Traum.

Die Sonne schien unbarmherzig durchs Fenster und stach mir in die Augen. Pia hatte vergessen, die Vorhänge zuzuziehen. Ich war klitschnass geschwitzt. Das T-Shirt klebte unangenehm an meinem Körper und ich schälte mich aus Pias viel zu warmem Schlafsack. Die Kopfschmerzen von letzter Nacht waren noch schlimmer geworden. Jeder Gedanke tat weh. Jeder Sonnenstrahl auf meiner Kopfhaut schmerzte. Hals und Schultern waren völlig verspannt. Das Rauschen in meinem Kopf war immer noch da. Langsam, ganz langsam nahm mein Gehirn den Betrieb auf, sendete Signale an meine Muskeln.

Augen: Öffnen.

Mund: Gähnen.

Hände: Die Schläfen massieren.

Half aber nicht. Das Hämmern blieb.

»Guten Morgen!« Pia kam herein. Sie hatte sich ein großes Handtuch umgeschlungen und hielt ein kleineres in der Hand. Ihre Haare waren feucht. Sie sah so frisch aus wie der Sommermorgen draußen vor dem Fenster.

»Hast du etwa schon geduscht?«, presste ich hervor. Meine Stimme knarrte wie eine ungeölte Tür.

»Allerdings.« Pia begann, sich mit dem kleineren Handtuch die Haare zu frottieren. »Kann ich nur empfehlen. Danach fühlt man sich wie neugeboren.« Sie schnupperte und rümpfte die Nase. »Mann, hier stinkt's vielleicht. Ekelhaft.« Sie riss das Fenster auf, frische Luft strömte herein.

»Was hast du denn da gemacht?« Pia warf einen Blick auf meine nackten Beine. Die Kratzer waren in der Morgensonne nicht zu übersehen. Jetzt bemerkte ich auch noch ein paar blaue Flecke am Schienbein, die mir gestern in der Dunkelheit gar nicht aufgefallen waren.

Was zum Teufel ist passiert, Jenny? Denk nach!

Panik überfiel mich, als mir klar wurde, dass meine Erinnerung nicht zurückgekehrt war. Das schwarze Loch nahm immer noch einen viel zu großen Raum in meinem Gedächtnis ein. Dafür waren andere Bilder umso deutlicher. Ich sah mich wieder auf dem heruntergekurbelten Autositz liegen. In einem fremden Wagen, mitten im Wald. Ich spürte meine Angst, spürte das Herz unkontrolliert in meiner Brust schlagen, spürte saure Übelkeit meine Kehle hinaufsteigen.

Und das war kein Traum. Das war die Wirklichkeit. Auch wenn sie mir kein bisschen gefiel.

Ich ließ mich zurück auf die Matratze sinken und zog den Schlafsack über meine Beine. »Bin gestolpert. Ist nicht so schlimm.«

Ich schaffte es nicht, Pia zu erzählen, was wirklich passiert war. Auch wenn ein Teil von mir sich gerne alles von der Seele geredet hätte. Aber die richtigen Worte fielen mir nicht ein und die Kopfschmerzen raubten mir fast den Verstand. Ich konnte keinen klaren Gedanken fassen. Vielleicht hätte ich es trotzdem versucht, wenn Pia etwas hartnäckiger gewesen wäre. Aber sie hakte nicht nach, sondern saß mit nach vorne gebeugtem Kopf auf der Bettkante und war ganz damit beschäftigt, ihre Haare zu frottieren.

»Willst du etwa schon aufstehen?«, fragte ich und gähnte.

»Ich kann nicht mehr schlafen.« Pia warf das Handtuch auf den Boden, sprang auf und wühlte in ihrem Kleiderschrank herum. Sie zog ein geblümtes Sommerkleid heraus. »Außerdem hab ich Hunger. Was ist mit dir? Wie wär's mit einem ausgiebigen Sonntagsfrühstück? Brötchen, Rühreier mit Speck und Kaffee – na, wie klingt das?«

Von Pias schnellen Bewegungen wurde mir schwindelig. Ich schloss einen Moment die Augen. »Hör auf, sonst wird mir schlecht.« Wie aufs Stichwort zog sich mein Magen schmerzhaft zusammen. Ich schaffte es gerade noch, den Brechreiz zu unterdrücken.

Pia ließ das Kleid sinken und drehte sich zu mir um. Zum ersten Mal an diesem Morgen sah sie mich richtig an. »Dir geht's nicht so gut, was?«

»Erraten«, murmelte ich und vergrub meinen Kopf im Kissen.

Pia zögerte. »Ist irgendwas?« Einen Moment meinte ich, Angst in ihrer Stimme zu hören.

»Nein.« Ich versuchte, die Bilder der letzten Nacht zu verdrängen. Wenn sie weiter wie eine endlose Diashow vor meinem inneren Auge abliefen, würde mir irgendwann der Schädel platzen. »Lass mich einfach noch ein bisschen schlafen, okay?«

Pia grinste erleichtert. »Kommt nicht infrage. Was du jetzt brauchst, ist eine Dusche, frische Klamotten und ein starker Kaffee. Danach geht's dir hundertprozentig besser.«

Vielleicht hatte sie ja recht. Vielleicht würde es mir wirklich besser gehen, wenn ich einfach so weitermachte wie immer. Wenn ich so tat, als wäre dies ein ganz normaler Sonntag. Als wäre letzte Nacht nichts passiert. Dann würden die Bilder in meinem Kopf vielleicht irgendwann verschwinden. Und ich würde vergessen, dass mir ein paar Stunden meines Lebens fehlten.

Ich setzte mich vorsichtig auf und schwang die Beine über die Matratze. Sofort begann es hinter meinen Schläfen vorwurfsvoll zu pochen. Stöhnend hielt ich mir den Kopf.

»So schlimm?«, fragte Pia. Sie schlüpfte in ihr Kleid.

»Hab's gestern ein bisschen übertrieben«, murmelte ich. »Sekt, Wein und Bier durcheinander. Das mach ich nie wieder, echt.«

Pia kicherte etwas zu fröhlich. »Ich werd dich dran erinnern. Sie hob meinen Rock auf, der zerknüllt auf dem Boden lag, und hielt ihn mit spitzen Fingern hoch. »Den willst du wohl nicht mehr anziehen, was?« Sie schnupperte und verzog das Gesicht. »Sag mal, hast du gestern gekotzt?«

»Ich weiß nicht mehr so genau«, behauptete ich. »Schon möglich.«

»Ich leih dir eine Jeans«, sagte Pia. »Und während du duschst, kümmere ich mich ums Frühstück.«

2

Eine halbe Stunde später saß ich in der Küche an einem reich gedeckten Tisch. Natürlich hatte nicht Pia das Frühstück zubereitet, sondern ihr Vater, der überzeugter Frühaufsteher war und am Wochenende immer schon um sieben Uhr morgens in der Küche herumwerkelte.

Missmutig betrachtete ich die frischen Brötchen, die Pfanne mit dampfendem Rührei, die Käseplatte und die selbst eingekochte Erdbeermarmelade (ein Hobby von Pias Oma). Normalerweise war das Frühstück bei Bauers immer der krönende Abschluss eines gelungenen Party-Wochenendes. Das Rührei von Pias Vater war eine Wucht und sonst konnte ich nie genug davon bekommen. Aber heute war schon der Geruch nach gebratenen Zwiebeln und Speck beinahe zu viel für meinen Magen. Die Dusche hatte zwar tatsächlich gutgetan und den größten Teil meiner Müdigkeit weggespült, aber die Übelkeit war immer noch da.

»Bitte schön.« Pia stellte ein Glas Wasser mit einer sprudelnden Kopfschmerztablette vor mich hin. Ich wartete, bis sich die Tablette aufgelöst hatte, dann kippte ich das Wasser hinunter.

»Jetzt geht's dir bestimmt gleich besser«, sagte Pia. »Kaffee?«

Ich nickte. Pia schenkte uns ein und setzte sich ebenfalls an den Tisch. »Und jetzt erzähl mal«, forderte sie mich auf, während sie sich ein Brötchen nahm, es durchschnitt und mit Butter bestrich. »Was hast du gestern so getrieben?«

Ein Auto mitten im Wald. Beschlagene Scheiben. Dunkelheit. Stille. Lustvolles Stöhnen ...

Ich musste mich zusammenreißen, um nicht laut aufzuschreien.

Ganz ruhig, Jenny! So war es nicht. So kann es nicht gewesen sein. So darf es nicht gewesen sein!

Ich zuckte mit den Schultern und sagte lahm: »Nichts Besonderes. Der Abend war ziemlich beschissen. Erst hab ich mich mit Markus gestritten und dann bin ich stundenlang herumgeirrt und hab dich gesucht.«

Das ist auch eins unserer Rituale. Wenn wir abends zusammen weg waren, wird am nächsten Tag beim Frühstück alles haarklein analysiert. Wer war da und wer nicht? Wer hat mit wem geflirtet/geknutscht/getanzt/geschlafen/gestritten? Wer hat wem was zu trinken ausgegeben? Wie war die Musik? Und so weiter und so weiter ...

Manchmal gibt es so viel zu erzählen, dass diese Gespräche den ganzen Vormittag dauern. Normalerweise bin ich immer mit Feuereifer dabei – vor allem, wenn Pia einen Typen aufgerissen hat –, aber heute hatte ich keine Lust zu reden.

Wieder drängte sich mir die Erinnerung an das fremde Auto auf. Jetzt, in der von Sonne durchfluteten Küche, kam es mir vor wie die Szene aus einem schlechten Film. Vielleicht hatte ich ja wirklich alles nur geträumt ...

Nein, ich konnte mir nichts vormachen. Der muffige Geruch des Schlafsacks war Wirklichkeit gewesen. Genauso wie das schwarze Loch in meinem Gedächtnis. Es fühlte sich an, als wäre mir ein wichtiger Körperteil amputiert worden.

Pia legte ihr Marmeladenbrötchen zur Seite, als wäre ihr plötzlich der Appetit vergangen. »Warum hast du dich denn mit Markus gestritten?«

Ich nippte an meinem Kaffee. Er war noch heiß und ich verbrannte mir die Zunge. An Essen war überhaupt nicht zu denken.

Ich seufzte. »Das übliche Thema. Wir haben ein bisschen rumgemacht. Er wollte mehr, ich nicht.«

Pia spielte mit den Brötchenkrümeln auf ihrem Teller herum. »Ich versteh dich nicht, Jenny. Warum schläfst du nicht endlich mit Markus? Ist doch nichts dabei.«

»Ich bin eben nicht wie du«, murmelte ich. »Ich kann nicht gleich mit jedem ins Bett springen.«

Pia zuckte zurück, als hätte ich sie geschlagen. Sie warf mir einen ärgerlichen Blick zu. »Nur zu deiner Information: Ich gehe *nicht* mit jedem ins Bett!«

»Schon gut«, sagte ich schnell. »So hab ich's nicht gemeint.«

»Doch, hast du!« Die Wut in Pias Augen traf mich völlig unvermittelt. Ich wollte mich entschuldigen, bekam aber keinen Ton heraus. Pia blinzelte und dann war der Moment auch schon wieder vorüber. Sie lachte etwas gezwungen. »Ich weiß guten Sex eben zu schätzen. Und das solltest du auch tun. Glaub mir, das hebt die Lebensqualität ungemein.«

Zuckende Körper. Gespreizte Schenkel. Blutige Kratzer auf weißer Haut ...

Ich schüttelte den Kopf. »Ich kann auch gut ohne Sex leben.«

»Du vielleicht. Aber Markus nicht.« Pia grinste. Es sah beinahe gemein aus. Dann nahm sie ihr Brötchen, biss energisch hinein und nuschelte: »Er ist dein Freund, Jenny, und ihr seid schon eine Ewigkeit zusammen ...«

»Ein halbes Jahr ist für mich keine Ewigkeit«, stellte ich klar.

Pia schluckte den Bissen hinunter. »Markus ist nicht Robin.«

Der Name versetzte mir einen Stich. »Ich weiß. Trotzdem ...«

»Robin ist ein Scheißkerl. Es war echt das Letzte, wie er dich behandelt hat. Aber du darfst die schlechten Erfahrungen, die du mit ihm gemacht hast, nicht auf Markus übertragen.« Pia hatte sich jetzt richtig in Fahrt geredet. »Du solltest ihn nicht länger zappeln lassen, das ist unfair.«

Ich schob meine halb leere Tasse zur Seite. Der Kaffee war inzwischen kalt geworden. »Musst du gerade sagen. Ich hab gestern übrigens Paul getroffen. Er war ziemlich fertig, weil du dich nicht bei ihm gemeldet hast. Findest du das etwa fair?« Der Versuch, das Thema zu wechseln, war ziemlich erbärmlich.

»Nein.« Pia seufzte. »Hör mal, du musst selbst wissen, was du tust. Beziehungsweise nicht tust. Aber wenn du Markus nicht verlieren willst, solltest du dich endlich voll und ganz auf ihn einlassen. Oder willst du so lange warten, bis er sich eine andere sucht?«

Ich starrte Pia an. »Was soll das heißen?«

Sie stopfte sich schnell den Rest ihres Brötchens in den Mund und kaute, ohne mich anzusehen.

»Hast du mit Markus geredet?«, fragte ich. »Hat er sich nach unserem Streit etwa bei dir ausgeheult?«

»Unsinn.« Pia schüttelte den Kopf. »Ich hab Markus gestern überhaupt nicht mehr gesehen.«

»Sicher?« Ich wusste selbst nicht genau, warum ich auf einmal so misstrauisch war. Vielleicht, weil Pia immer noch meinen Blick mied. Oder weil sie sich den ganzen Morgen über schon so seltsam benahm. Dieser überdrehte Aktionismus, die aufgesetzte Fröhlichkeit, ihre merkwürdigen Stimmungswechsel ...

»Was soll das?« Pia funkelte mich ärgerlich an. »Denkst du etwa, ich lüge dich an?« Röte kroch ihren Hals hinauf und diesmal sah sie nicht weg.

Ich war es, die den Blick zuerst senkte. »Nein, natürlich nicht.« In Wirklichkeit wusste ich nicht, was ich denken sollte.

»Gut, dass wir das geklärt haben.« Jetzt klang ihre Stimme wieder sanft und freundlich. Sie hielt mir den Brotkorb hin. »Willst du gar nichts essen?«

Ich schüttelte den Kopf. »Keinen Hunger.«

Ich ließ Pia nicht aus den Augen. Sie machte ein betont harmloses Gesicht, während sie sich ihr zweites Brötchen schmierte. Trotzdem hatte ich den Eindruck, dass etwas nicht stimmte.

»Wenn du Markus mit einem anderen Mädchen sehen würdest ...«, begann ich langsam. Ich zögerte. »Ich meine, wie er mit einer anderen rummacht. Dann würdest du es mir doch sagen, oder?«

»Natürlich«, antwortete Pia.

Ich betrachtete die winzigen Staubkörner, die in den durch das Küchenfenster hereinfallenden Sonnenstrahlen tanzten, und versuchte, das ungute Gefühl abzuschütteln, das mich im Lauf des Gesprächs überkommen hatte. Pia war meine beste Freundin. Ich konnte ihr hundertprozentig vertrauen. Trotzdem ließ sich eine kleine Stimme in meinem Inneren nicht unterdrücken. Sie flüsterte mir zu, dass ich vorsichtig sein sollte. Und dass Pias Antwort ein bisschen zu schnell gekommen war.

»Sag mal, was hältst du eigentlich von Jakob?«, fragte Pia in meine Gedanken hinein.

»Jakob?« Ich schluckte. Die Übelkeit kehrte mit voller Wucht zurück. Ich versuchte, ruhig und tief in den Bauch zu atmen, um sie zurückzudrängen.

»Alles in Ordnung?«, fragte Pia.

Ich nickte. »Mein Magen spielt immer noch verrückt. Geht schon wieder.«

Warum reagierst du so heftig auf Jakobs Namen, Jenny?

Vielleicht wollte mein Unterbewusstsein mir etwas mitteilen. Hatte Jakob mich in das fremde Auto gebracht? Hatte er mich ausgezogen? Oder war es der andere Typ gewesen, an dessen Namen ich mich nicht erinnern konnte? Oder beide zusammen? Die Vorstellung war so schrecklich, dass ich den Gedanken sofort wieder fallen ließ.

Und was war dann passiert?

»Also, ich finde ihn echt süß.« Pias Stimme klang verträumt.

»Wen?«, fragte ich verwirrt.

»Na, Jakob!« Auf Pias Gesicht erschien ein Lächeln. »Er hat so was Geheimnisvolles. Und er quatscht einen nicht die ganze Zeit voll, wie die anderen Typen.« Jetzt klang sie wie immer, wenn sie von einem Jungen schwärmte. Hatte ich mir alles andere nur eingebildet?

»Nein, er ist eher von der schweigsamen Sorte«, murmelte ich.

Ich musste daran denken, wie wir zusammen Bier getrunken hatten. Eine Runde nach der anderen. Da war er überhaupt nicht schweigsam gewesen. Aber was hatte er erzählt? Worüber hatten wir geredet? Ich wusste es nicht mehr. Oder hatte vielleicht nur ich geredet? Wann war der andere Typ aufgetaucht? Es war hoffnungslos. Auf mein Gedächtnis war kein Verlass mehr. Es war so löchrig wie meine alten Chucks. Und die wenigen bruchstückhaften Erinnerungen waren mit Träumen, Wünschen und alkoholbedingten Wahnvorstellungen vermischt. Würde es mir jemals gelingen, die Wahrheit herauszufiltern?

»Ich glaube, Jakob wäre es wert, etwas mehr Einsatz zu zeigen«, sagte Pia.

Ich versuchte, mich wieder auf unser Gespräch zu konzentrieren. »Wieso? Hast du etwa ernsthaftes Interesse an ihm?«

In meinem Hinterkopf rumorte das schlechte Gewissen. Es hielt mir vor, dass ich gestern mit Jakob abgestürzt war, obwohl Pia ein Auge auf ihn geworfen hatte. Dass wir zusammen getrunken, geredet, gelacht und ein bisschen geflirtet hatten ...

Und was noch?

»Wer weiß ...« Pia grinste. »Dazu muss ich ihn erst besser kennenlernen. Aber eins ist sicher: Er ist der interessanteste Typ, der mir in letzter Zeit untergekommen ist.«

»Du solltest die Finger von ihm lassen.« Die Worte waren mir rausgerutscht, ehe ich darüber nachdenken konnte. Ich biss mir auf die Lippe.

Pia sah mich überrascht an. »Wieso?«

Ich zuckte mit den Schultern. »Ist nur so ein Gefühl. Hat Jakob eigentlich eine Freundin?«

»Nein, ich glaube nicht.« Pia lehnte sich zurück und trank ihren Kaffee aus. Dann stellte sie die leere Tasse zurück auf den Tisch. »Viel Persönliches habe ich nicht aus ihm herausbekommen, aber von einer Freundin war nicht die Rede. Ich glaube, er hat irgendwie Ärger in seinem alten Heimatort gehabt. Darum sind seine Eltern unter anderem dort weggezogen. Sie wollten hier neu anfangen.«

»Ärger?« Ich runzelte die Stirn. »Was für Ärger?«

»Keine Ahnung.« Pia zuckte die Schultern. »Er wollte nicht drüber reden.«

Die Angst kehrte mit einem Schlag zurück. Der merkwürdige Spruch, den Jakob gestern gemacht hatte, fiel mir wieder ein.

Eine Welt ohne Gewalt gibt es nicht.

Hatte er jemanden zusammengeschlagen? War er gewalttätig? War das der Grund, warum er Schule und Wohnort gewechselt hatte?

Pia stand auf, ging zur Kaffeemaschine und holte die Kanne, um sich nachzuschenken. »Möchtest du auch noch etwas?«

Ich hielt die Hand über meine Tasse. »Heißt das, zwischen euch ist gestern noch gar nichts gelaufen?«

Pia seufzte. »Nein, leider nicht. Wir haben ein bisschen gequatscht, aber immer, wenn es persönlicher wurde, hat Jakob abgeblockt. Also hab ich die meiste Zeit von mir erzählt. Ehrlich gesagt, es lief etwas zäh.« Sie stellte die Kanne zurück, schaltete die Kaffeemaschine aus und setze sich wieder hin.

»Aha.« Das war ungewöhnlich. Normalerweise gelangte Pia ziemlich schnell zum Ziel. »Und was war dann?«

»Lara und Marie sind vorbeigekommen und haben mich vollgequatscht. Die beiden haben mal wieder überhaupt nicht mitbekommen, dass es gerade ungünstig ist. Jakob hat sich bei der nächsten Gelegenheit verdrückt und ich stand alleine mit den beiden Tratschtanten da. Danach hab ich Jakob nicht mehr gefunden. Er war wie vom Erdboden verschluckt.«

Und das war dein Glück, Pia. Sonst wärst du jetzt vielleicht diejenige mit den Kratzern am Bein und dem Loch im Gedächtnis.

Das wäre der ideale Moment gewesen, um Pia von meiner Begegnung mit Jakob zu erzählen.

Übrigens, ich hab Jakob gestern noch getroffen. Wir haben uns zusammen volllaufen lassen, war echt witzig. Da war auch noch so ein anderer Typ, keine Ahnung, wo der herkam. Und was dann passiert ist, weiß ich auch nicht mehr. Jedenfalls bin ich später in einem fremden Wagen aufgewacht, halb nackt auf dem heruntergekurbelten Beifahrersitz. Von Jakob und dem anderen Typ keine Spur. Ist das nicht zum Schreien? Wie, du meinst, einer der beiden könnte die Situation ausgenutzt haben? Sex im Auto, von dem ich nichts mehr weiß? Unsinn, so was würde mir doch nie passieren ...

Vielleicht wäre alles anders gekommen, wenn ich Pia die Wahrheit gesagt hätte. Aber ich schwieg.

3

Als wir mit dem Frühstück fertig waren und gerade den Tisch abräumten, kam Pias Mutter in die Küche. Sie ist genauso schlank und zierlich wie Pia und sieht immer wie aus dem Ei gepellt aus. An diesem Tag trug sie eine schlichte weiße Bluse zu einer figurbetonten Jeans, in ihrem Ausschnitt baumelte eine Kette aus bunten Glasperlen.

»Guten Morgen, ihr beiden.« Sie lächelte mir zu und fuhr Pia durch die Haare, was diese mit einem Grunzen über sich ergehen ließ. »Na, ausgeschlafen?«

»Geht so«, sagte ich. »Pia hat mich total früh aus dem Bett gezerrt.«

»Wie war's denn gestern?« Frau Bauer setzte sich auf die Küchenbank. »Hattet ihr einen schönen Abend?«

Wenn meine Mutter so etwas fragt, könnte ich jedes Mal ausflippen, weil ich genau weiß, dass sie mich kontrollieren will. Bei Pias Mutter ist das anders. Ihr geht es wirklich nur darum, ob wir einen schönen Abend hatten.

»War ganz okay«, sagte Pia. »Es war eine Menge los, aber die Bands hätten besser sein können.«

»Habt ihr etwas von dem Unfall mitbekommen?«, fragte Pias Mutter. »Es soll ja ganz fürchterlich auf der Autobahn gekracht haben.«

Die Neuigkeit hatte sich offenbar schon herumgesprochen. Die Buschtrommeln in unserem Ort schienen auch sonntags hervorragend zu funktionieren.

»Die Polizei ist irgendwann auf dem Platz aufgetaucht«, erzählte Pia. »Sie haben die Leute befragt. Und auf dem Rückweg sind wir an dem kaputten Auto vorbeigekommen. Sah gar nicht gut aus.«

Mich schauderte, als ich an den völlig zerfetzten Wagen dachte. Wer wohl darin gesessen hatte?

»Renate, komm mal her!« Die Stimme von Pias Vater ertönte aus dem Wohnzimmer. »Sie bringen gerade etwas über den Unfall in den Nachrichten!«

Pias Mutter erhob sich und ging ins Wohnzimmer. Pia und ich folgten ihr. Herr Bauer saß auf dem Sofa, der Fernseher lief. Auf dem Bildschirm war ein Reporter vor einem Metallgeländer zu sehen. Erst auf den zweiten Blick erkannte ich, dass er auf unserer Autobahnbrücke stand. Genau an der Stelle, wo Pia und ich gestern Abend auf dem sonnenwarmen Beton gesessen und Wein getrunken hatten. Als ich noch keine Kratzer und blauen Flecken an den Beinen gehabt hatte. Als alles noch in Ordnung gewesen war. Der Reporter sah mit betroffenem Blick in die Kamera.

»*Hier, genau hinter mir, hat sich gestern gegen dreiundzwanzig Uhr ein furchtbarer Unfall ereignet. Ein Kleinwagen ist von der Fahrbahn abgekommen und gegen die Leitplanke geprallt, woraufhin er sich mehrmals überschlug. Die Fahrerin, eine fünfunddreißigjährige Frau, hatte keine Chance. Sie konnte nur noch tot aus dem völlig zerstörten Wrack geborgen werden. Ihre zehnjährige Tochter, die sich auf dem Rücksitz befand, hat den Unfall schwer verletzt überlebt. Sie befindet sich im Krankenhaus und schwebt zurzeit noch in Lebensgefahr.*«

Pias Mutter, die sich auf der Sofalehne niedergelassen hatte, schüttelte den Kopf. »Wie schrecklich!«

Mir war kalt geworden. Gerade wurde in einer Rückblende die Autobahn kurz nach dem Unfall gezeigt. Noch einmal sah ich die Polizeiautos, das Blaulicht, das zerstörte Auto. Ich wollte nicht hinsehen, doch die Bilder übten eine unheimliche Faszination auf mich aus. Auch Pia starrte gebannt auf den Bildschirm.

Jetzt wurde ein Polizist interviewt. Er trug keine Uniform, offenbar handelte es sich um einen leitenden Beamten.

»Leider müssen wir davon ausgehen, dass bei diesem furchtbaren Unfall Fremdverschulden eine Rolle gespielt haben könnte. Nach jetzigem Ermittlungsstand ist der Wagen von der Fahrbahn abgekommen, weil er von einem Gegenstand getroffen wurde.«

»Um was für einen Gegenstand handelt es sich?«, fragte der Reporter.

»Dazu kann ich aus ermittlungstechnischen Gründen jetzt noch nichts sagen«, antwortete der Polizist. »Aber wir sind ziemlich sicher, dass der Gegenstand von dieser Brücke gefallen ist oder geworfen wurde. Er prallte gegen die Windschutzscheibe des Wagens und hat die Fahrerin vermutlich so erschreckt, dass sie das Lenkrad verriss.«

»Haben Sie einen Verdacht, wer den Gegenstand von der Brücke geworfen haben könnte?«, wollte der Reporter wissen.

»Wir stehen mit unseren Ermittlungen noch ganz am Anfang und verfolgen zurzeit verschiedene Spuren. Gestern hat hier in unmittelbarer Nähe ein Rockfestival stattgefunden. Vermutlich haben unzählige Besucher im Lauf des Abends diese Brücke benutzt, um zum Festival zu gelangen. Mit Sicherheit hat der eine oder andere etwas beobachtet, das uns weiterhelfen könnte.« Der Polizist sah jetzt direkt in die Kamera. »Ich möchte bei dieser Gelegenheit alle Zeugen, die sich gestern Abend auf dem Festival oder in der Nähe der Autobahnbrücke aufgehalten haben, bitten, sich bei der Polizei zu melden. Jede noch so kleine Beobachtung, jedes noch so belanglos erscheinende Detail kann wichtig sein. Vielen Dank.«

Der Bericht wurde mit einer Chronologie von Unfällen, die aufgrund eines von einer Autobahnbrücke geworfenen Gegenstands passiert waren, fortgesetzt. Herr Bauer stellte den Ton leiser.

»Jetzt laufen bei uns also auch schon Verrückte herum, die irgendwelche Sachen von Autobahnbrücken schmeißen«, schimpfte er. »Was geht nur in den Köpfen von solchen Leuten vor?«

»Ihr solltet euch bei der Polizei melden«, sagte Pias Mutter. »Ihr seid doch gestern auch über die Autobahnbrücke gefahren, oder?«

Pia und ich wechselten einen Blick. In stummem Einvernehmen behielten wir für uns, dass wir sogar einen Teil des Abends auf der Brücke verbracht hatten.

»Ja, schon«, antwortete Pia langsam. »Aber das war Stunden vor dem Unfall. Was sollen wir der Polizei denn erzählen? Wir haben doch überhaupt nichts gesehen. Außerdem sind da Tausende von Leuten langgelaufen.«

»Trotzdem ...«, begann Frau Bauer, doch ihr Mann unterbrach sie.

»Pia hat recht.« Er zwinkerte seiner Tochter zu. »Sie ist ein kluges Mädchen. Von der Polizei sollte man sich möglichst fernhalten. Sonst hängen sie einem noch irgendetwas an.«

Pias Mutter stand auf und begann, die braun-weiß gestreiften Sofakissen auszuschütteln. »Das ist doch Unsinn. Es geht hier nur um eine Zeugenaussage, nichts weiter ...«

»Was sollen die Mädchen denn aussagen, wenn sie nichts gesehen haben?«, fragte Pias Vater. »Erinnerst du dich noch an die Anti-Atomkraft-Demo in Brockdorf? Da haben mich die Bullen eine Nacht lang eingebuchtet, nur weil ich zur falschen Zeit am falschen Ort war. Das war reine Schikane, eine Machtdemonstration des Polizeistaates ...«

Frau Bauer verdrehte die Augen. »Das ist über zwanzig Jahre her, Frank. Musst du immer wieder davon anfangen? Außerdem war das doch etwas völlig anderes.« Sie ging zur Fensterbank und zupfte ein paar verwelkte Blütenblätter von den orangefarbenen Rosen, die in einer farblich passenden Porzellanvase standen.

»Ach ja?« Pias Vater warf ärgerlich die Fernbedienung auf den niedrigen Glastisch vor der Couch. »Wir haben ganz friedlich demonstriert und wurden ohne jeden Grund von der Polizei angegriffen. Aber das hast du mir ja damals schon nicht geglaubt. Manchmal frage ich mich wirklich, auf wessen Seite du stehst ...«

»Was soll das denn jetzt heißen?« Pias Mutter schüttelte ärgerlich den Kopf. »Ich habe immer auf deiner Seite gestanden, das weißt du ganz genau. Oder hast du etwa schon vergessen, wer damals die Kaution für dich bezahlt hat?«

Herr Bauer lachte trocken. »Nein, das habe ich bestimmt nicht vergessen. Dein Vater reibt es mir ja heute noch bei jeder Gelegenheit unter die Nase.«

»Vermutlich, weil du dich damals nicht einmal bei ihm bedankt hast«, hielt Frau Bauer ihrem Mann vor.

Pia zog eine Grimasse. »Komm, Jenny, wir hauen ab.«

Wir ließen Pias streitende Eltern im Wohnzimmer zurück. Ihre ärgerlichen Stimmen folgten uns bis auf den Flur. Pia schien der Zwischenfall etwas peinlich zu sein.

»Tut mir leid, normalerweise warten sie mit dem Streiten, bis sie allein sind. Aber beim Thema Polizei reagiert mein Vater total empfindlich. Diese Brockdorf-Geschichte scheint ihm immer noch in den Knochen zu sitzen.«

»Ich wusste gar nicht, dass dein Vater mal eine Nacht im Gefängnis verbracht hat«, sagte ich.

»Das ist ein gut gehütetes Familiengeheimnis.« Pia grinste. »Und wahrscheinlich das Spannendste, was er in seiner Jugend erlebt hat. Deshalb fängt er auch immer wieder davon an.«

»Ich fahr dann mal nach Hause«, sagte ich. »Meine Mutter fragt sich bestimmt schon, wo ich bleibe.«

»Mach's gut.« Pia umarmte mich kurz. Sie versuchte nicht, mich zum Bleiben zu überreden. »Wir sehen uns morgen, okay?«

Erst als ich auf mein Fahrrad stieg, merkte ich, dass ich meine Jeansjacke nicht trug. Gestern Abend auf dem Festival hatte ich sie noch gehabt. Und auf dem Rückweg? Ich spulte meine Erinnerung zurück, so weit sie reichte. Keine Jeansjacke. Ich musste sie irgendwann im Lauf des Abends verloren haben.

Und in der Jacke steckte mein Handy.

Shit.

4

Auf dem Heimweg wurde meine Laune immer schlechter. Nach und nach fiel mir ein, was ich alles auf dem Handy gespeichert hatte: sämtliche Telefonnummern, SMS, Fotos und unzählige kleine Filme, die ich selbst aufgenommen hatte (ein Tick von mir). Manche völlig belanglos, andere wiederum sehr wichtig für mich. Zum Beispiel eine Aufnahme von Markus kurz nach dem Aufwachen. Seine müden Augen, sein verschlafenes Lächeln, seine Stimme, die meinen Namen sagt ...

Das war nach unserer ersten gemeinsamen Nacht gewesen. Ganz am Anfang, als ich noch jedes Mal Herzklopfen bekam, wenn ich Markus sah, und am liebsten ständig mit ihm zusammen gewesen wäre. Obwohl wir nicht miteinander geschlafen hatten, war es wunderschön gewesen. Erst hatte ich Angst, war nach der Sache mit Robin total verspannt. Aber Markus hatte mich stundenlang massiert, mich regelrecht weichgeknetet. Bis ich bereit dafür war, seine Hände und seine Lippen überall auf meinem Körper zu spüren. Seine Berührungen waren ein einziges Versprechen, immer für mich da zu sein. Und dieses Versprechen hatte er gehalten. Zumindest bis gestern Abend.

Immer, wenn ich diesen Film abspielte, wusste ich wieder, warum ich mich in Markus verliebt hatte. Warum ich nach Robin überhaupt noch mal einem Jungen eine Chance gegeben habe. Das war jetzt alles futsch. Lag irgendwo im Wald, auf dem Festivalgelände oder sonst wo. Wahrscheinlich würde ich weder Jacke noch Handy jemals wiedersehen.

Als ich in unsere Straße einbog, kam mir ein Auto entgegen. Ein dunkelblauer, ziemlich verbeulter Passat. Augenblicklich sah ich Sitze aus abgewetztem Leder vor mir, ein verstaubtes Armaturenbrett und jede Menge Müll im Fußraum. Mein Herz begann zu rasen.

Keine Angst, dir kann überhaupt nichts passieren. Es ist heller Tag und du befindest dich mitten in einem Wohngebiet.

Als sich mein Herzschlag wieder normalisierte, war das Auto verschwunden. Ich stieg vom Fahrrad und schob das letzte Stück. Meine Beine fühlten sich zitterig an. Dabei war ich mir nicht mal hundertprozentig sicher, ob es tatsächlich der Wagen von letzter Nacht gewesen war.

Du siehst Gespenster, Jenny. Es war ein anderes Auto. Ganz bestimmt.

Und wenn nicht?

5

»Weißt du eigentlich, wie spät es ist?«

Meine Mutter stand in der Küche an die Arbeitsplatte gelehnt und hatte die Arme vor der Brust verschränkt. Ihre übliche Pose, wenn sie verärgert war. Obwohl sie genauso alt war wie Pias Mutter, sah sie mindestens fünf Jahre älter aus. Sie war sehr blass und unter ihren müden Augen lagen fast immer dunkle Ringe. Vielleicht lag es an der anstrengenden Arbeit im Krankenhaus, vielleicht am frühen Tod meines Vaters. Oder einfach nur daran, dass ihr Äußerlichkeiten nicht viel bedeuteten. Sie schminkte sich nicht, ging nur selten zum Friseur, trug immer die gleichen Bundfaltenjeans, im Sommer mit schlichten T-Shirts, im Winter mit ebenso schlichten Wollpullovern. Dazu Schuhe mit flachen Absätzen. Das war's. Wenn sie etwas mehr aus sich gemacht hätte, hätte sie vermutlich ganz passabel aussehen können.

Ich seufzte. »Keine Ahnung. Irgendwas so um Mittag herum, schätze ich.«

»Es ist gleich halb zwei.«

»Sorry, ist etwas später geworden bei Pia. Wir haben uns verquatscht und ich hab nicht auf die Zeit geachtet.«

»Wir wollten doch zusammen Mittag essen, bevor ich zur Arbeit muss.« Ihre Stimme klang vorwurfsvoll. »Ich hab extra Spinatlasagne gemacht.«

Jetzt erst sah ich die Teller auf dem Küchentisch und das Licht im Backofen. Es duftete nach zerlaufenem Käse. Spinatlasagne ist mein absolutes Lieblingsgericht.

»Tut mir leid, Mama, das hatte ich total vergessen«, sagte ich wahrheitsgemäß, da mir auf die Schnelle keine gute Ausrede einfiel.

Sie stieß sich von der Arbeitsplatte ab. »Ich muss jetzt los, sonst komme ich zu spät zur Arbeit. Lass es dir schmecken!« Sie rauschte aus der Küche. Sekunden später knallte die Haustür und ich hörte, wie sich ihre Schritte auf dem Gartenweg entfernten.

»Na toll«, murmelte ich. »Vielen Dank für das Gespräch!«

Durch Mamas Schichtarbeit im Krankenhaus sahen wir uns nicht besonders oft. Die Spätschicht ging von zwei bis zehn. Wenn ich aus der Schule kam, war sie schon weg, und wenn sie Feierabend hatte, ging ich ins Bett. Sie war Stationsleiterin der Kinderstation. Ein Job mit viel Verantwortung und jeder Menge Überstunden. Ich hatte keine Ahnung, wie sie den Stress nun schon seit über zwölf Jahren aushielt. Als ich drei war, hatte sie auf der Station angefangen. Anfangs nur in Teilzeit. Doch dann starb mein Vater vor sechs Jahren ganz plötzlich an einer Gehirnblutung und sie stockte auf eine volle Stelle auf. Wir brauchten das Geld. Mein Vater hatte keine Lebensversicherung. Warum auch? Er war erst

Ende dreißig und topfit. Niemand hatte damit gerechnet, dass er sterben könnte. Am wenigsten vermutlich er selbst. Es war ein Schock. Manchmal glaube ich, meine Mutter hat ihn bis heute nicht überwunden.

Von einem Tag auf den anderen änderte sich unser ganzes Leben. Die Witwenrente war sehr bescheiden und das Reihenhaus noch nicht abbezahlt. Meine Mutter musste wieder Vollzeit arbeiten, ich ging nachmittags in den Hort. Ich war zehn Jahre alt und hasste es dort. Ich fühlte mich schrecklich allein und zog mich immer mehr zurück.

Prompt blieb ich in der fünften Klasse sitzen. Ich weiß noch, wie meine Mutter weinte, als sie vom Gespräch mit meiner Klassenlehrerin zurückkam. Wahrscheinlich machte sie sich Vorwürfe, weil sie so wenig Zeit für mich hatte. Aber für mich war die Ehrenrunde ein echter Glücksfall. Denn in meiner neuen Klasse wurde ich neben ein blondes, engelsgleiches Mädchen gesetzt. Pia. Sie schloss mich sofort ins Herz und ich sie auch. Nach der ersten Schulwoche waren wir unzertrennlich. Ich musste nicht mehr in den Hort, sondern durfte die Nachmittage bei Pia verbringen. Wir machten zusammen Hausaufgaben und spielten dann stundenlang Barbie. Endlich war ich nicht mehr allein.

Ich stellte den Backofen aus, nahm die Topflappen vom Haken und holte die Lasagne heraus. Der Käse war goldbraun und es duftete göttlich. Aber ich hatte keinen Appetit. Selbst wenn mein Magen in Ordnung gewesen wäre, hätte die Lasagne wahrscheinlich nur nach schlechtem Gewissen geschmeckt.

Das Klingeln des Telefons durchschnitt die Stille. Ich ließ die dampfende Auflaufform auf dem Herd stehen, wischte mir die Hände an der Jeans ab, die Pia mir geliehen hatte, und ging in den Flur.

6

Ich nahm ab. Wir haben noch so ein altmodisches Telefon mit Kabel, was ziemlich nervig ist, wenn man mal in Ruhe mit jemandem quatschen will.

»Hallo. Ich bin's.«

Markus.

»Hi.« Mehr fiel mir nicht ein.

Auch Markus zögerte. Einen Moment herrschte Schweigen, dann fragte er vorsichtig: »Wie geht's dir? Alles in Ordnung?«

Mir wurde heiß. Wusste Markus, was los war? Aber woher? Hatte er mich gesehen? Mit Jakob und dem anderen Typen? Oder später? Wusste er etwas, das ich nicht wusste? Meine Handflächen fühlten sich plötzlich feucht an. Ich umklammerte den Telefonhörer, damit er mir nicht aus der Hand rutschte.

»Klar«, sagte ich so normal wie möglich. »Wieso?«

»Ach, nur so. Hast du bei Pia geschlafen?«

»Das weißt du doch.« Meine Finger begannen wehzutun. Ich lockerte den Griff und wechselte den Hörer in die andere Hand. »Ich bin gerade erst nach Hause gekommen. Pia war heute irgendwie schräg drauf.«

»Warum?«

Bildete ich mir das nur ein oder war Markus beunruhigt? Nachdenklich wickelte ich das Telefonkabel um den Finger. »Keine Ahnung. Sie hat mich total früh aus dem Bett geworfen. Und beim Frühstück hat sie eine Bemerkung von mir in den falschen Hals gekriegt und ist fast ausgerastet.«

»Sag mal, warum gehst du denn nicht an dein Handy?«, fragte Markus. »Ich versuch schon den ganzen Vormittag, dich zu erreichen.«

Nein, er wusste nichts. Und er hatte auch nichts gesehen. Ich war so erleichtert, dass ich beinahe laut losgelacht hätte. Dabei war mir eigentlich überhaupt nicht nach Lachen zumute. Vielleicht wurde ich allmählich hysterisch.

»Ich hab mein Handy verloren.«

»Was?« Markus klang völlig irritiert. Kein Wunder, normalerweise hüte ich das Handy wie Gollum seinen Schatz. Ich habe es immer dabei und lasse es nie, nie, niemals irgendwo liegen. Es ist quasi untrennbar mit mir verbunden.

»Ich muss meine Jeansjacke gestern verloren haben. Und das Handy steckt vorne in der Brusttasche.« Ich versuchte, einen munteren Plauderton anzuschlagen, damit Markus nicht weiter nachfragte. Natürlich funktionierte die Taktik nicht.

»Du hast deine Jeansjacke irgendwo verloren? Warum zum Teufel?«

Ich seufzte. »Es war ein Versehen, okay? Ich hab's nicht mit Absicht gemacht.« Ich beschloss, zum Angriff überzugehen, ehe das Gespräch in die falsche Richtung lief. »Wo hast du überhaupt gesteckt? Warum bist du einfach ohne mich abgehauen?«

Ich hörte auf, mit dem Telefonkabel herumzuspielen, und ließ mich auf den Korbstuhl sinken, der neben dem Telefontischchen im Flur stand. Meine Beine fühlten sich plötzlich schwach an. Ich streckte sie aus und war froh, dass die Kratzer unter Pias Jeans verborgen waren. Ich wollte sie nicht sehen. Und ich wollte auf keinen Fall über Jakob reden. Oder darüber, was *vielleicht* in dem fremden Auto passiert war. Markus würde ausflippen und damit wäre nichts gewonnen. Gar nichts. Ich wollte die letzte Nacht so schnell wie möglich vergessen. Mein Leben weiterleben, als wäre nichts geschehen.

»Ich bin überhaupt nicht einfach abgehauen!«, verteidigte sich Markus. »Erst war ich vorne bei der Bühne und hab mir *XXL* angesehen. Die waren gar nicht schlecht. Nach dem Konzert hab ich dich überall gesucht, aber du warst wie vom Erdboden verschluckt. Du warst doch diejenige, die mich hat stehen lassen wie den letzten Idioten. Und ich weiß immer noch nicht so richtig, warum.«

»Weil ich stinksauer war, darum.«

Es kam mir vor, als wäre unser Streit schon sehr lange her. Ich wusste noch, dass ich sauer auf Markus gewesen war. Aber ich konnte die Wut nicht mehr spüren. Vielleicht war sie in dem schwarzen Loch verschwunden, zusammen mit der Erinnerung an die entscheidenden Stunden dieser Nacht.

Markus seufzte. »Hör mal, Jenny, wenn ich gestern was Falsches gesagt oder getan habe, dann tut es mir leid. Ich wollte dich nicht verletzen. Aber manchmal weiß ich einfach nicht, woran ich bei dir bin ...«

»Ist schon okay«, sagte ich schnell. »Mir tut es auch leid. Ich glaube ... also vielleicht habe ich ein bisschen überreagiert.« Ich streifte die Turnschuhe von den Füßen, an denen immer noch der Staub vom Festivalplatz hing, und kickte sie unter die Garderobe. Der Laminatboden unter meinen nackten Füßen fühlte sich angenehm kühl an.

»Ich wollte dich wirklich nicht drängen. Ich hatte nur ein bisschen zu viel getrunken, das ist alles. Wir können es ganz ruhig angehen lassen, ehrlich. Und wenn du so weit bist, machen wir alles genau so, wie du willst.«

»Ja. Okay. Klingt gut.« Ich versuchte, zumindest ein Minimum an Begeisterung in meine Stimme zu legen, auch wenn mir der Gedanke an Sex Übelkeit verursachte. Aber dafür konnte Markus schließlich nichts. Pia hatte recht, er war wirklich ein lieber Typ. Nicht so wie die meisten, denen es nur um das eine ging.

»Soll ich nachher vorbeikommen?«, fragte Markus. »Ich könnte ein paar DVDs mitbringen. Du darfst auch den Film aussuchen!«

»Ich weiß nicht ...« Ich tat so, als würde ich nachdenken, dabei wusste ich eigentlich ganz genau, dass ich keine Lust hatte. »Mir geht's nicht so gut. Hab gestern wohl auch zu viel getrunken.«

»Kein Problem. Dann hängen wir eben einfach nur ein bisschen ab, okay? Ich kann dich pflegen, darin bin ich richtig gut.«

Ich lachte. »Das weiß ich.« Als ich im letzten Winter mit einer fiesen Grippe im Bett lag, hatte sich Markus um mich gekümmert, während meine Mutter im Krankenhaus ihren Dienst schob. »Aber ich glaube, ich bin heute Abend lieber allein. Mit mir ist wirklich nichts los.«

»Wie du willst.« Markus klang enttäuscht, doch ich wusste genau, dass ich seine Nähe heute nicht ertragen hätte. Ich wollte nicht berührt werden. Von niemandem. Ich wollte meine Ruhe und sonst gar nichts.

»Sag mal, hast du eigentlich was von dem Unfall mitbekommen?«, fragte ich, um das Thema zu wechseln.

»Nein. Erst als die Bullen auf dem Gelände aufgetaucht sind. Da hat sich die Sache natürlich wie ein Lauffeuer herumgesprochen. Es gingen sofort alle möglichen Gerüchte rum. Von bis zu fünf Toten war die Rede. Und davon, dass jemand auf der Autobahnbrücke randaliert hat. Als es hieß, dass die Polizei alle Festivalbesucher befragen will, bin ich abgehauen.«

»Warum?«, fragte ich. »Du hattest doch nichts zu befürchten, oder? Du dealst schließlich nicht mehr.«

»Was sollen wird der Polizei denn erzählen? Wir haben doch gar nichts gesehen.« Markus benutzte fast dieselben Worte wie Pia. Ob die beiden heute schon miteinander gesprochen hatten?

Ich hakte nicht weiter nach, obwohl ich das Gefühl hatte, dass Markus nicht die ganze Wahrheit sagte. Ich merke es immer sofort, wenn er lügt. Aber ich war ja selbst nicht hundertprozentig ehrlich zu ihm. Nachher kam er noch auf die Idee, genauer nachzufragen, was ich den Abend über so getrieben hatte.

»Wir sehen uns morgen in der Schule, okay?« Ich stand auf und streckte den Rücken durch.

»Okay. Bis dann. Gute Besserung.«

Wir legten auf. Einiges hatten wir ausgesprochen, doch das meiste war ungesagt geblieben. Wie in den meisten Gesprächen, die ich an diesem Tag geführt hatte.

7

Ich war zu aufgekratzt, um mich noch einmal ins Bett zu legen. Ich nahm noch eine Kopfschmerztablette, trank einen halben Liter Wasser und beschloss, zum Festivalgelände zu fahren und nach meiner Jacke zu suchen. Vielleicht hatte ich ja Glück und sie lag doch noch irgendwo herum. Auf die Jacke selbst konnte ich zur Not verzichten – auch wenn sie ein absolutes Liebhaberstück war, das ich letztes Jahr auf dem Flohmarkt erstanden hatte –, aber ohne mein Handy fühlte ich mich wie ein halber Mensch.

Ich fuhr denselben Weg wie am Vorabend mit Pia. Aber diesmal war ich völlig allein zwischen den Feldern. Die Mittagssonne knallte vom Himmel und es war unerträglich heiß. Ich schwitzte in Pias Jeans und dem engen T-Shirt und ärgerte mich, dass ich mich zu Hause nicht schnell umgezogen hatte. Kein Lüftchen regte sich. Als die Autobahnbrücke näher kam, flimmerte der Asphalt in der Hitze. Unwillkürlich fuhr ich langsamer. Es widerstrebte mir, die Brücke zu überqueren. Als würde ich von einer unsichtbaren, aber sehr mächtigen Kraft abgestoßen. Schließlich stieg ich ab und schob das letzte Stück. Auf der Brücke war alles völlig unverändert. Ich wusste nicht, was ich erwartet hatte. Kerzen, Blumen, Trauerbriefe? Nichts von alldem war zu sehen. Obwohl ich nicht hinschauen wollte, warf ich einen schnellen Blick nach unten. Der Unfallort war geräumt worden. Nur ein paar Glassplitter und eine dicke Beule in der Leitplanke zeugten noch davon, dass hier gestern ein Mensch sein Leben verloren hatte. Die Autos auf der Autobahn fuhren gleichgültig an der Stelle vorbei. Das Leben ging weiter.

Nachdem ich die Brücke hinter mir gelassen hatte, stieg ich wieder aufs Rad. Ich überlegte, wo ich anfangen sollte zu suchen. Vielleicht bei dem Getränkestand, in dessen Nähe ich mit Jakob gestanden hatte. Oder dort, wo Pia und ich unsere Fahrräder abgestellt hatten.

Doch als ich zum Festivalgelände kam, war der Schlagbaum heruntergelassen und versperrte mir den Weg. Dahinter standen mehrer Polizeiautos. Ich sah Polizisten in Uniform herumlaufen, offenbar suchten sie den Festivalplatz ab. Sie wurden von einem Mann in Zivil dirigiert, der so was wie der Chef zu sein schien.

Mein erster Impuls war, kehrtzumachen und abzuhauen, ehe mich jemand entdecken konnte.

Von den Bullen sollte man sich besser fernhalten.

Vielleicht hatte ich diesen Satz heute einmal zu oft gehört.

Aber ich unterdrückte den Fluchtreflex. Die Polizisten waren in ihre Arbeit vertieft, niemand beachtete mich. Und wenn schon, ich hatte schließlich nichts zu befürchten. Ich konnte im Wald spazieren gehen, so lange ich wollte.

Trotzdem stellte ich mein Fahrrad so hinter einem Busch ab, dass es nicht sofort zu sehen war, und schlug mich leise ins Unterholz. Ich wollte einen Bogen um das Festivalgelände machen und hoffte, irgendwann wieder auf den Sandweg zu stoßen. Dann konnte ich zumindest dort nach meinem Handy suchen und würde vielleicht auch die Stelle wiederfinden, an der gestern unsere Fahrräder gestanden hatten.

Nach einer Weile war von den Polizisten nichts mehr zu sehen und zu hören. Ich lief über den mit Moos bedeckten Boden, kletterte über umgestürzte Baumstämme und kämpfte mich zwischen dicht stehenden Büschen hindurch. Das Sonnenlicht schien zwischen den Bäumen hindurch und tauchte den Wald in hellgrünes Zwielicht. Die Vögel zwitscherten und irgendwo hämmerte ein Specht. Hier zwischen den Bäumen war es kühler als in der prallen Sonne. Ich versuchte, das mulmige Gefühl zu ignorieren, das sich in meinem Magen ausbreitete. Das hier war nur ein ganz normaler Wald. Nichts weiter.

Irgendwann blieb ich stehen. Wo war der verdammte Weg? Eigentlich hätte ich längst darauf stoßen müssen. Ich drehte mich einmal um mich selbst, doch ich sah nichts als Bäume, Büsche und Moos. Das Grün kam mir plötzlich erdrückend vor. Das Atmen fiel mir schwer. Was wollte ich mit dieser Aktion eigentlich beweisen? Glaubte ich allen Ernstes, mein Handy würde hier irgendwo im Moos liegen wie ein vergessenes Osterei? Oder ging es um etwas anderes?

Das Licht hatte sich verändert. Die Sonnenkringel auf dem Boden waren verschwunden und das Grün der Bäume wirkte düster. Zwischen den dicht stehenden Fichten lagen undurchdringliche Schatten. Ich wollte weg hier. Raus aus dem Wald. Zurück nach Hause. Aber ich hatte völlig die Orientierung verloren.

Plötzlich durchzuckte mich eine Erinnerung.

Ich laufe durch den Wald. Zweige schlagen mir ins Gesicht. Es riecht nach Moos. Er ist direkt hinter mir.

»Warte, Jenny!«, ruft er. »Wo willst du hin?«

Ich lache und wirble herum. Ich fühle mich schwerelos. Als würde ich ein paar Zentimeter über dem Boden schweben. Alles ist irgendwie verschwommen und gleichzeitig glasklar.

»Ich gehe schwimmen«, sage ich.

»Schwimmen? Jetzt? Mitten in der Nacht?« Er schüttelt den Kopf. Sein Gesicht liegt im Schatten der Bäume. »Das ist doch verrückt.«

Ich pruste los, so witzig finde ich ihn und seine plötzliche Ernsthaftigkeit. Ich kann gar nicht mehr aufhören zu lachen.

»Lass uns wieder zurückgehen«, sagt er.

»Nein!« Ich stampfe mit dem Fuß auf wie ein kleines Kind. »Ich will jetzt schwimmen! Und du kommst mit.«

Ich sah alles so deutlich vor mir, als hätte ich es eben erst erlebt. Fast meinte ich, das Echo meines eigenen Lachens leise zwischen den Bäumen zu hören. Das konnte kein Traum sein, kein Produkt meiner Fantasie. Ich hatte diese Szene wirklich erlebt. Die Erleichterung darüber, dass mein Gedächtnis allmählich zurückzukehren schien, gab mir neue Energie. Ich würde mich von diesem Wald nicht verrückt machen lassen. Ich würde jetzt mein Handy suchen, wie ich es geplant hatte, und dann nach Hause zurückfahren.

Ich zwängte mich zwischen zwei Fichten hindurch und gelangte auf eine Lichtung.

Mein Herz war schneller als mein Verstand. Es raste schon los, während mein Kopf noch damit beschäftigt war, die Informationen zusammenzusetzen, die auf mich einstürmten. Eine von Fichten gesäumte Lichtung. Reifenspuren auf dem weichen Waldboden.

Hier war es gewesen. Und plötzlich war alles wieder da, was ich eigentlich hatte vergessen wollen.

Das Auto. Der heruntergekurbelte Beifahrersitz. Der muffige Schlafsack. Der Müll auf der Rückbank. Die Übelkeit, die in mir aufsteigt. Die Panik, die mich ergreift ...

Ich spürte, wie meine Beine unter mir nachgaben und mein Magen verrücktspielte. Ich sank auf alle viere und begann zu würgen, aber es kam nichts.

Irgendwie schaffte ich es, wieder aufzustehen und den Reifenspuren bis zum Weg zu folgen. Hier musste das Auto entlanggefahren sein. Wer hatte am Steuer gesessen?

Benommen stolperte ich über den Sandweg, bis die Polizeiautos in Sicht kamen. Ich bog ins Unterholz ab und lief weiter, bis ich auf einen schmalen Trampelpfad stieß, der in der Nähe der Autobahnbrücke herauskam. Schnell holte ich mein Fahrrad, stieg auf und trat wie eine Besessene in die Pedale. Der Schweiß lief mir in Strömen über Stirn und Rücken. Erst als die Autobahnbrücke weit hinter mir lag und ich wieder zwischen den Feldern war, drosselte ich das Tempo.

Eins war klar: Was auch immer letzte Nacht passiert war, ich würde es nicht so schnell vergessen können.

Ich musste versuchen, irgendwie damit zu leben.

8

Als ich wieder zu Hause war, kam mir meine Panikattacke im Wald total unwirklich vor. In der Küche hing immer noch der Geruch nach Spinatlasagne und eine dicke Fliege flog träge surrend gegen das Fenster. Die Uhr über der Küchentür tickte leise und gleichmäßig.

War ich tatsächlich noch einmal auf der Lichtung gewesen? Oder hatte ich alles nur geträumt? Nein, die Reifenspuren waren Wirklichkeit gewesen. Genauso wie der säuerliche Geschmack in meinem Mund.

Ich holte eine Flasche Mineralwasser aus dem Kühlschrank und nahm einen großen Schluck. Mit der Flasche in der Hand ging ich auf die Terrasse und legte mich auf einen Liegestuhl, der direkt neben Mamas mit bunten Sommerblumen bepflanzten Tontöpfen stand. Ich sog den Duft der Rosen, Geranien und Margeriten ein, blinzelte träge in die Sonne und trank noch einen Schluck kaltes Mineralwasser, bevor ich die Flasche neben die Liege auf den Holzboden der Terrasse stellte. Ich streifte die Schuhe von den Füßen und streckte meine blassen Zehen der Sonne entgegen. Mir fielen die Augen zu und ich döste ein bisschen vor mich hin. Aber mein verlorenes Handy ging mir einfach nicht aus dem Kopf. Was, wenn die Polizei meine Jacke auf dem Gelände fand? Mithilfe des Handys konnten sie mich bestimmt schnell identifizieren. Das kam ja heutzutage in jedem *Tatort* vor.

Wie lange würde es dauern, bis sie mich ausfindig gemacht hatten? Einen Tag? Zwei Tage? Und würde ich als Zeugin aussagen müssen? Immerhin bewies die Jacke eindeutig, dass ich auf dem Festival gewesen war. Aber konnten sie mich zu einer Zeugenaussage zwingen? Musste ich dann zugeben, dass ich mich an die Hälfte des Abends nicht mehr erinnern konnte? Musste ich ihnen die Kratzer an meinen Beinen zeigen? Würde dann alles rauskommen? Und wollte ich wirklich wissen, was in dem Auto geschehen war?

Ärgerlich schlug ich die Augen auf. Ich hatte keine Lust, länger über dieses blöde Thema nachzudenken. Das führte zu nichts. Trotzdem musste ich mir eingestehen, dass ich beunruhigt war. Genauer gesagt: Ich hatte eine Scheißangst. Vielleicht sollte ich mich doch freiwillig bei der Polizei melden. Ehe die Bullen zu mir kamen und wissen wollten, warum ich dem Zeugenaufruf nicht gefolgt war.

Und was willst du ihnen sagen? Dass du früher am Abend auf der Brücke warst? Dann aber leider einen Filmriss hast? Das glaubt dir doch kein Mensch! Die Polizisten werden sich kaputtlachen und dich vermutlich gleich einlochen.

Mist! Ich saß in der Klemme. Ich konnte nicht zur Polizei gehen, aber es zu lassen bedeutete ein beinahe genauso großes Risiko. Andererseits – wenn ich eine Zeugenaussage machte, musste ich auch Pia und Markus mit hineinziehen. Das wäre den beiden gegenüber nicht fair. Außerdem würde dann herauskommen, dass ich mit Jakob und diesem anderen Typen abgestürzt und völlig betrunken in einem fremden Wagen gelandet war. Alle würden davon erfahren. Meine Mutter, Pia, Markus, die ganze Schule ...

Nein. Das ging nicht. Völlig unmöglich. Lieber verhielt ich mich still und wartete ab, bis die Polizei bei mir klingelte. Wenn sie das überhaupt jemals tat. Es konnte schließlich genauso gut sein, dass irgendwer meine Jacke letzte Nacht gefunden und mitgenommen hatte. Ich hoffte fast, dass es so war. Auch wenn mir der Gedanke, dass sich eine wildfremde Person meine privaten SMS, Fotos und die vielen Filme ansah, beinahe körperlich wehtat.

Die Sonne schien mir warm ins Gesicht. Die unangenehmen Gedanken rumorten weiter in meinem Kopf, wurden aber von einer immer stärker werdenden Müdigkeit allmählich in den Hintergrund gedrängt. Das fühlte sich nicht schlecht an. Meine Augen fielen wieder zu und eine Sekunde später war ich eingeschlafen.

9

Wieder im Wald. Es ist dunkel, aber nicht kalt. Mir ist sogar ziemlich warm.

»Lass uns in den See springen.« Ich ziehe mein Handy aus der Jackentasche, schalte es ein und richte es auf ihn. »Oder traust du dich etwa nicht?«, frage ich spöttisch, während ich sein Gesicht heranzoome. »Hast du Angst? Und ich dachte, du wärst so ein cooler Typ. Pia findet dich ziemlich süß, weißt du das?«

Auf dem Display sehe ich sein Gesicht. Es ist Jakob. Er

fährt sich durch die dunklen Haare. Zum ersten Mal erlebe ich ihn ratlos und das finde ich zum Schreien komisch. Jakob ratlos! Was für ein Witz!

»*Du bist betrunken*«, *stellt er fest.* »*Komm mit, ich bring dich nach Hause.*«

»*Okay*«, *sage ich.* »*Aber erst gehen wir schwimmen.*«
Ich drehe mich um und renne los.
Und ich lache, lache, lache ...

Als ich aufwachte, stand die Sonne ein ganzes Stück tiefer. Grillgeruch hing in der Luft, im Nachbargarten kreischten Kinder. Doch der Traum wollte mich nicht loslassen. Nur ganz langsam glitt ich in die Wirklichkeit zurück. War es wirklich Jakob gewesen, mit dem ich letzte Nacht durch den Wald gelaufen war? Oder vermischten sich meine Erinnerungen mit Traumgespinsten?

Und wenn ich einfach zu Jakob ging und ihn fragte, was letzte Nacht geschehen war? Er war schließlich der Einzige, der mir Antworten auf meine Fragen geben konnte. Aber was sollte ich sagen?

Hör mal, Jakob, kann es sein, dass wir gestern betrunken durch den Wald gelaufen sind, du mich irgendwann in dein Auto gezerrt hast und wir wilden Sex hatten? War bestimmt ein Mordsspaß, oder? Erzähl mir mehr davon, ich bin ganz Ohr ...

Nein, das ging gar nicht. Selbst die quälendste Ungewissheit konnte nicht schlimmer sein als ein solches Gespräch ...

Ich blinzelte und griff automatisch nach meinem Handy, um nach der Uhrzeit zu sehen. Doch meine Hosentasche war leer. Natürlich war sie das. Shit! Meiner Mutter musste ich auch noch beichten, dass mein Handy futsch war. Sie würde nicht begeistert sein. Das Handy war noch relativ neu gewesen und hatte eine Stange Geld gekostet, weil ich unbedingt eins mit einer vernünftigen Auflösung haben wollte, um halbwegs akzeptable Filme machen zu können.

Plötzlich fiel mir etwas ein. Warum war ich nicht schon eher darauf gekommen? Ich sprang auf, rannte in den Flur, griff nach dem Telefonhörer und wählte meine Handynummer. Vielleicht hatte ich ja Glück und es ging jemand ran. Während es tutete, wartete ich mit angehaltenem Atem. Dann hörte das Tuten auf.

»Hallo?«, rief ich. »Wer ist da?«

Keine Antwort. Aber ich konnte jemanden atmen hören. Jemand von der Polizei, der mein Handy auf dem Festivalplatz entdeckt hatte? Nein, ein Polizist würde etwas sagen und nicht einfach schweigen.

Ich lauschte. Im Hintergrund lief Musik. Eine eingängige Melodie, die ich noch nie zuvor gehört hatte.

»Hallo?«, sagte ich.

Es knackte, als die Verbindung unterbrochen wurde. Die Gedanken rasten durch meinen Kopf. Mein Handy lag nicht irgendwo im Wald. Jemand hatte es gefunden und mitgenommen. Aber wer? Ich drückte auf die Wahlwiederholungstaste. Doch diesmal ertönte nur eine Ansage.

The person you have called is temporarily not available. Please try again later.

Ich legte den Hörer auf und ging langsam in die Küche. Es war schon nach halb sieben, ich hatte fast drei Stunden geschlafen. Mein Gesicht fühlte sich heiß an, die Haut spannte unangenehm. Vermutlich war es nicht gerade geschickt gewesen, in der prallen Sonne einzuschlafen. Mein Schädel brummte, dafür ging es meinem Magen besser. Er knurrte vorwurfsvoll, als wollte er mich daran erinnern, dass ich den ganzen Tag noch nichts gegessen hatte.

Ich nahm mir eine Portion von Mamas Spinatlasagne und wärmte sie in der Mikrowelle auf. Dann fläzte ich mich im Wohnzimmer aufs Sofa und schaltete den Fernseher an. Während ich die Lasagne hinunterschlang, die trotz des schlechten Gewissens, das meine Mutter mir gemacht hatte, ausgesprochen gut schmeckte, zappte ich durch die Kanäle. In allen Nachrichtensendungen war der Unfall Thema Nummer eins. Ich sah noch mehrmals das Interview mit dem Polizisten, das ich bereits kannte. Jedes Mal, wenn er seinen Zeugenaufruf startete, schaltete ich um. Aber es war wie verhext, er schien mir durch alle Kanäle zu folgen. Beim dritten Mal hatte ich das Gefühl, er würde direkt zu mir sprechen. Wahrscheinlich litt ich allmählich unter Verfolgungswahn.

Es gab kaum neue Informationen. Dem verletzten Mädchen schien es nicht besonders gut zu gehen, es lag noch im Koma. Und in einem Boulevardmagazin wurden Fotos der Frau gezeigt, die gestorben war. Sie lächelte fröhlich in die Kamera. Ein sympathischer Typ. Noch ziemlich jung, hübsch und voller Lebensfreude. Bestimmt hatte sie noch eine Menge vorgehabt in ihrem Leben. Gestern war sie ein Mensch mit Träumen, Plänen und einer Zukunft gewesen. Heute war sie tot.

Ich merkte, wie mein Hals eng wurde. Ärgerlich schüttelte ich den Kopf. Warum nahm mich die Sache so mit? Schließlich kannte ich die Frau gar nicht. Es war ein tragischer Unfall gewesen, natürlich. Aber das hatte nichts mit mir zu tun. Gar nichts.

Ich schaltete um und sah mir eine hirnlose Vorabend-Soap an, während ich die restliche Lasagne vom Teller kratzte. Dann rollte ich mich gähnend auf dem Sofa zusammen, versuchte, den Liebesverwicklungen auf dem Bildschirm zu folgen, und genoss die satte Trägheit, die sich in meinem Körper ausbreitete.

Der Wald wird immer dichter. Ich renne. Er folgt mir. Ich kann seinen Atem in meinem Nacken spüren. Unsere Schritte werden vom Moos gedämpft. Wir bewegen uns völlig lautlos. Als würden wir fliegen. Ich habe keine Angst.

Zweige schlagen mir ins Gesicht. Fichtennadeln kit-

zeln mich am Hals, an der Nase und den Ohren, scheinen mich zu streicheln. Ich werde langsamer, aber ich drehe mich nicht um. Er ist direkt hinter mir. Er filmt mich. Mit meinem Handy. Wo hat er es her? Habe ich es ihm gegeben? Ich weiß es nicht mehr. Es ist nicht richtig. Ich filme die anderen, nicht umgekehrt.

Vor mir lichtet sich der Wald. Es wird heller. Sind wir endlich am See? Nein, kein Wasser.

Ich schiebe ein paar Zweige zur Seite und dort liegt die Wiese.

10

Ein Schlüssel drehte sich im Schloss, ich schreckte auf. Verschlafen rieb ich mir die Augen. Ich lag immer noch zusammengerollt auf dem Sofa, im Fernsehen liefen die Spätnachrichten. Schon wieder der Unfall. Ich drückte den Ton weg.

»Du bist ja noch wach.« Meine Mutter stand in der Tür. Sie sah müde aus.

Ich gähnte. »Nicht wirklich. Ich bin vor dem Fernseher eingeschlafen.« Mein Blick fiel auf den leeren Teller. »Die Lasagne war übrigens total lecker. Es ist noch was da, falls du Hunger hast.«

Mama lächelte. »Nein, danke. Ich bin fix und fertig. Ich glaube, ich gehe gleich ins Bett.« Sie wollte sich schon umdrehen und nach oben gehen, aber dann setzte sie sich neben mich aufs Sofa. »Entschuldige, dass ich heute Mittag so heftig reagiert habe. In deinem Alter ist es ganz normal, dass man andere Dinge im Kopf hat als das Sonntagsessen.« Sie nahm meine Hand und drückte sie. »Manchmal vergesse ich das.«

»Schon okay«, sagte ich.

Eine Weile saßen wir einträchtig schweigend nebeneinander. Auf dem Bildschirm flackerten stumm die Aufnahmen vom Unfallort vorbei, die ich inzwischen in- und auswendig kannte.

»Weißt du eigentlich etwas über das verletzte Mädchen?«, fragte ich, einer plötzlichen Eingebung folgend. »Im Fernsehen haben sie gesagt, sie würde hier im Krankenhaus liegen.«

Mama nickte müde. »Ja, sie liegt auf meiner Station.«

»Wie geht es ihr?«

»Du weißt doch, dass ich über meine Patienten keine Auskunft geben darf.« Meine Mutter nahm ihre Schweigepflicht als Krankenschwester sehr ernst. »Die Presse hat auch schon den ganzen Tag versucht, an Informationen zu gelangen. Ein Reporter hat es sogar bis auf die Station geschafft. Fast hätte er sich mit seiner Kamera in Lenas Zimmer geschlichen. Ich hab ihn gerade noch rechtzeitig an der Tür erwischt. Und natürlich achtkantig hinausbefördert.« Mama schüttelte den Kopf. »Manche

Menschen haben wirklich überhaupt keine Skrupel. Dabei hat es das arme Mädchen auch so schon schwer genug.«

Lena, dachte ich. So heißt sie also.

»Wird sie durchkommen?«, fragte ich.

Mama seufzte und rieb sich die Augen. »Ja, vermutlich schon. Wenn es keine Komplikationen gibt.«

»Und dann muss ihr irgendjemand sagen, dass ihre Mutter nicht mehr lebt ...«, murmelte ich.

Mama nickte. »Schrecklich, oder? Die arme Kleine. Und alles nur, weil irgendwelche Idioten eine Flasche von der Autobahnbrücke geworfen haben. Wer tut denn so was? Vermutlich ein Betrunkener, der nicht eine Sekunde über die Folgen seines Handelns nachgedacht hat. Das kann einen echt wütend machen!«

Ich starrte meine Mutter an. »Eine Flasche? Was für eine Flasche?«

»Jemand hat letzte Nacht eine Weinflasche von der Brücke geworfen«, erklärte meine Mutter. »Sie hat den Unfall ausgelöst.«

Ich schluckte. Sofort blitzte ein Bild in meinem Kopf auf. Pia, wie sie etwas aus ihrem Rucksack zog.

»Seht mal, was ich hier habe! Der gute Lambrusco vom Supermarkt. Möchte jemand einen Schluck?«

Der gute Lambrusco vom Supermarkt. Wir hatten alle davon getrunken. Zuletzt Markus und ich, bevor wir uns gestritten hatten. Was hatten wir mit der Flasche gemacht? Hatte ich sie mitgenommen, als ich weggerannt war? Nein. Hatte Markus sie mitgenommen? Möglich. Vielleicht hatten wir sie aber auch einfach auf der Brücke stehen lassen.

Eine halb volle Flasche Rotwein.

»Woher weißt du das?«, fragte ich. Mein Mund war plötzlich trocken. »In den Nachrichten haben sie nichts davon gesagt.«

Meine Mutter gähnte wieder. »Rita hat es im Schwesternzimmer erzählt. Ihr Mann ist in der Ermittlungsgruppe oder wie man das nennt.«

Rita war eine Kollegin meiner Mutter. Ihr Mann Karl war Polizist. Daran hatte ich gar nicht mehr gedacht.

»Sag mal, warst du gestern nicht auch auf dem Festival?«, wollte Mama wissen.

Ich nickte abwesend. »Ja, aber ich hab nichts von dem Unfall mitbekommen. Pia und ich sind abgehauen, bevor es passiert ist.«

Meine Mutter schluckte die Lüge sofort und ich atmete auf. Vielleicht war sie auch einfach zu müde, um genauer nachzuhaken.

»Dann ist ja gut.« Sie stand schwerfällig auf, stützte die Hände in die Hüften und rieb sich das Kreuz. Sie wirkte wie eine alte Frau. »Ich gehe schlafen. Morgen hab ich Frühschicht.« Sie fuhr mir zärtlich über die Haare.

»Nacht, Mama«, sagte ich.

»Gute Nacht, Jenny. Schlaf gut.« Sie ging aus dem Wohnzimmer.

Eine Weile starrte ich noch auf den stummen Bildschirm, auf dem sinnlose Bilder tanzten, dann schaltete ich den Fernseher aus und beschloss, ebenfalls ins Bett zu gehen. Ich war todmüde.

11

In meinem Zimmer war es dunkel. Fast wäre ich über die leere Sektflasche gestolpert, die immer noch vor dem Spiegel auf dem Boden stand. Ich hatte gestern Abend vergessen, sie wegzuräumen, bevor ich mit Pia zum Festival gefahren war.

Ich stellte die Flasche auf den Schreibtisch und grub meine nackten Zehen in die weichen Fransen des Flokati-Teppichs. Wenn ich mein Handy noch gehabt hätte, hätte ich es jetzt wahrscheinlich herausgeholt und mir den Film angesehen, den ich gestern von Pia und mir gemacht hatte. Als wir Sekt getrunken, gelacht und herumgealbert hatten. Manchmal tröstete es mich, meine Filme noch einmal anzuschauen. Die Filme logen nicht. Sie waren immer ehrlich. Aber mein Handy war nicht mehr da.

Ich ging zum Fenster und sah hinaus. Der Mond stand direkt über dem Giebel des gegenüberliegenden Hauses und tauchte die leere Straße in fahles Licht. Fast alle Häuser in der Nachbarschaft waren dunkel. Die Fenster schwarze Rechtecke, hinter denen Menschen schliefen, träumten oder wach lagen, in die Dunkelheit starrten und den Morgen herbeisehnten. Eine Katze stolzierte mit hochgerecktem Schwanz über den Bürgersteig, als würde die ganze Gegend ihr gehören.

Ich wollte gerade die Gardine zuziehen, da sah ich es. Das Auto stand auf der anderen Straßenseite, schräg gegenüber von unserem Haus. Es war ein dunkler Passat Kombi. Er wäre mir vermutlich gar nicht aufgefallen, wenn nicht plötzlich ein Licht im Inneren aufgeleuchtet hätte. Für eine Sekunde nur. Ein Feuerzeug. In dem Wagen saß jemand und rauchte. Ich konnte die Glut der Zigarette sehen.

Automatisch machte ich einen Schritt zurück in die Sicherheit meines Zimmers. Trotzdem meinte ich, seinen Blick auf meiner Haut zu spüren. Er war hier. Ganz in der Nähe. Er wusste, wo ich wohnte. Er beobachtete mich. Gestern war ich ihm entwischt, aber so schnell gab er nicht auf.

Ich riss an den Gardinen, zog sie vors Fenster, um den fremden Blick auszusperren. Mein Atem ging stoßweise, mein Puls raste. Ohne Licht zu machen, zerrte ich die Jeans herunter, schlüpfte ins Bett und zog mir die Decke über den Kopf. Ich rollte mich zu einer Kugel zusammen und schlang die Arme um die Knie. Trotzdem war mir kalt. Ich zitterte am ganzen Körper.

Und erst jetzt wurde mir klar, warum ich das

Schlafengehen so lange wie möglich hinausgezögert hatte.

Ich hatte Angst vor meinen Träumen. Genauer gesagt, vor einem ganz bestimmten Traum. Ich wollte nicht wieder in den dunklen Wald zurück. Ich wollte nicht wissen, was auf der Wiese geschehen war.

Montag

1

Der Unfall war natürlich das große Thema in der Schule. Alle redeten davon und jeder hatte andere Informationen. Die meisten waren auf dem Festival gewesen, aber die wenigsten hatten etwas wirklich Neues zu berichten.

Ich hätte mir am liebsten die Ohren zugehalten. Ich wollte nichts davon hören, den Abend einfach vergessen. Abhaken. Aus meinem Kopf streichen.

Nachts hatte ich noch ewig wach gelegen, gefangen in meiner Angst. Irgendwann war ich eingeschlafen, ohne etwas zu träumen, und dafür war ich sehr dankbar.

Morgens hatte ich sofort nach dem Auto Ausschau gehalten, aber es war verschwunden. Auf dem Weg zur Schule sah ich mich mehrmals um, konnte es jedoch nirgendwo entdecken.

Hör endlich auf damit, Jenny. Wahrscheinlich war da nie ein Auto vor dem Haus. Du bekommst allmählich Verfolgungswahn.

Auf dem Fahrrad war es noch kühl, aber der Himmel war wolkenlos und die Sonne kletterte bereits über die Dächer. Vermutlich würde ich mich spätestens in der ersten großen Pause in meiner schwarzen Stretchjeans zu Tode schwitzen. Doch das war nicht zu ändern. Meinen Lieblingsrock hatte ich gestern Abend in die Waschmaschine gesteckt, er war noch feucht.

»Hast du schon das Neueste gehört?«, fragte Pia, die wie immer bei den Fahrradständern auf mich wartete. Sie trug ihren neuen, unverschämt kurzen Jeans-Minirock und dazu ein knappes Top in Babyrosa. Dass sie die Blicke sämtlicher Jungs auf sich zog, schien sie nicht im Geringsten zu stören. Im Gegenteil, das war ja gerade der Sinn der Sache. Ich musste grinsen. Wenigstens etwas, das sich nicht geändert hatte.

»Guten Morgen erst mal.« Ich schob mein Fahrrad in einen der letzten freien Ständer und schloss es ab. Die anderen Schüler strömten bereits in Richtung Schule. Ich war spät dran.

Pia erhob sich von der Bank, auf der sie sich niedergelassen hatte, und kam zu mir herüber. »Angeblich sind Lara und Marie Samstagnacht von der Polizei befragt worden. Jetzt ziehen sie eine Riesenshow ab.«

»Wenn sie meinen...«, sagte ich ohne großes Interesse.

Als wir unseren Klassenraum betraten, thronten die beiden nebeneinander auf ihrem Tisch wie zwei

Prinzessinnen, eine Schar treuer Bewunderer um sich herum, die ihnen förmlich an den Lippen hing.

»Das war echt der Wahnsinn«, erzählte Lara gerade. »Ich hatte die ganze Zeit Schiss, dass ich einen Alkoholtest machen muss. Vermutlich hätte mein Atemalkohol glatt das Röhrchen gesprengt.« Sie kicherte.

Pia sah mich an und verdrehte die Augen. »Hattest du wirklich so viel getrunken?«, rief sie Lara zu, während wir zu unseren Plätzen gingen. »Als wir uns am Samstag unterhalten haben, hast du ziemlich nüchtern auf mich gewirkt.«

Auf Laras Stirn erschien eine steile Falte. Dann setzte sie ein liebenswürdiges Lächeln auf. »Nicht jedem merkt man sofort an, wie viel er getrunken hat, Pia. Ich hab mich ziemlich gut im Griff, auch wenn ich total voll bin. Da kannst du jeden fragen.«

»Danke, nicht nötig.« Pia ließ sich an unserem Tisch ganz hinten am Fenster nieder. »So brennend interessiert mich das Thema nun auch wieder nicht.«

»Jedenfalls waren die Polizisten echt nett«, nahm Marie den Faden wieder auf, ehe Pia ihr und Lara die Show stehlen konnte. »Der eine war sogar ziemlich süß. Ein ganz junger, der ständig rot geworden ist, wenn er uns eine Frage gestellt hat.«

»Aber der Chef ist ein ganz scharfer Hund«, fügte Lara hinzu. »Mit dem ist nicht gut Kirschen essen, das war mir sofort klar. Er hatte so einen Röntgenblick, als könnte er Gedanken lesen. Der merkt garantiert sofort, wenn jemand lügt.«

»Das war übrigens derselbe, den sie im Fernsehen interviewt haben.« Darauf schien Marie besonders stolz zu sein.

»Was haben sie euch denn gefragt?«, wollte Anna wissen.

»Alles Mögliche.« Lara zählte die Fragen an ihren Fingern ab. »Wie lange wir schon auf dem Festival sind, wann wir die Autobahnbrücke überquert haben und ob wir dabei irgendetwas beobachtet haben.«

»Darauf haben sie ewig herumgehackt«, sagte Marie. »Sie wollten die genaue Uhrzeit wissen, wen wir auf der Brücke gesehen haben, ob die Leute hinübergegangen sind oder auf der Brücke gestanden haben und so weiter und so weiter ...«

Ich ließ meinen Rucksack zu Boden gleiten und setzte mich ebenfalls. Eigentlich wollte ich gar nicht hinhören. Das war doch nur dummes Gequatsche. Trotzdem konnte ich nicht verhindern, dass ich alles, was Marie und Lara erzählten, regelrecht in mich aufsaugte. Ich warf einen schnellen Blick nach rechts zu Jakobs Platz. Er war leer.

»Ich hab gehört, dass die Polizei in alle Schulen gehen und sämtliche Schüler befragen will«, erzählte Lukas, mit dem Pia in der siebten Klasse mal kurz zusammen gewesen war. »Samstagnacht haben sie viele nicht mehr erwischt. Eine Menge Leute sind abgehauen, bevor sie das Gelände absperren konnten.«

Ich bekam eine Gänsehaut. Wenn das stimmte, hatte ich ein Problem. Dann würde alles herauskommen ...

»Ach was«, sagte Pia. »Das ist doch viel zu viel Aufwand. Weißt du, wie viele Leute sie dafür abstellen müssten? Das machen die nie im Leben.«

Lukas zuckte mit den Schultern. »Ich hab's von meinem Bruder und der weiß es von seinem Kumpel, der gerade seine Ausbildung bei der Polizei angefangen hat.«

Herr Fiedler, unser Mathelehrer, betrat die Klasse und beendete das Gespräch. Ich atmete auf. Heute war ich ausnahmsweise einmal froh darüber, dass der Matheunterricht begann.

2

In der Pause zog ich Pia schnell nach draußen. Ich hatte keine Lust, mir weitere Spekulationen anzuhören.

»Warum hast du's denn so eilig?«, fragte Pia.

»Ich brauch frische Luft.«

Als wir auf dem Schulhof standen, atmete ich auf. Endlich kein Gequatsche mehr. Aber die Ruhe hielt nicht lange an. Bei dem schönen Wetter füllte sich der Hof schnell und ich konnte meine Ohren nicht vor den Gesprächsfetzen verschließen, die durch die Luft surrten wie aufgescheuchte Bienen.

»Sie soll Lehrerin an einer Grundschule gewesen sein. Die Freundin meiner kleinen Schwester war in ihrer Klasse ...«

»Die Tochter ist erst zehn, stellt euch das mal vor. Unsere Nachbarin kennt sie, weil der Sohn ihres Bruders auf dieselbe Schule geht. Sie haben Freunde besucht und waren auf dem Heimweg. Sie waren schon fast zu Hause, als der Unfall geschah ...«

»Der Vater hatte wohl einen Nervenzusammenbruch oder so was und musste ins Krankenhaus.«

»Also, ich hab gehört, er wurde in eine Psychiatrische Klinik eingeliefert ...«

»Hallo, Süße!« Markus drückte mir einen Kuss in den Nacken. Ich hatte ihn nicht kommen hören und zuckte zusammen.

»Musst du mich so erschrecken?«, fuhr ich ihn an.

»Sorry.« Markus hob abwehrend die Hände. »War keine Absicht.«

Er sah kurz zu Pia hinüber, aber sie war gerade damit beschäftigt, einen grasgrünen Apfel an ihrem Rock zu polieren, bis er in der Sonne glänzte. Keine Begrüßung. Kein »Na, wie geht's?«. Ob sie sich gestritten hatten? Quatsch, warum sollten sie?

Ich versuchte, mich zu entspannen. Aber es gelang mir nicht. Dieses ganze Gerede über den Unfall machte mich irgendwie nervös. Außerdem fürchtete ich ständig, Jakob zu begegnen. Bisher war er noch nicht aufgetaucht. Was bedeutete das? Hatte er ein schlechtes Gewissen, weil Samstagnacht im Wald *irgendetwas* passiert war? Schwänzte er deshalb den Unterricht? Oder war er einfach nur krank? Egal. Ich war froh, solange ich ihn nicht zu sehen brauchte.

»Wusstet ihr, dass eine Weinflasche den Unfall verursacht hat?«, fragte ich unvermittelt, um nicht mehr über Jakob nachdenken zu müssen. »Jemand hat sie von der Brücke geworfen.«

»Ehrlich?« Pia biss in ihren Apfel. »Das ist mir neu.«

»Was muss das für ein Idiot sein, der so was macht?« Markus schüttelte den Kopf. Er klang fast wie meine Mutter.

»Hast du unsere Weinflasche eigentlich mitgenommen, als du zurück zum Festivalplatz gegangen bist?« Ich sah Markus an.

»Keine Ahnung.« Er überlegte. »Nein, ich glaub nicht. Ich hab mir auf dem Weg zur Bühne noch ein Bier geholt, wenn ich mich richtig erinnere. Ich bin ja eigentlich nicht so der Weintrinker.«

Ich biss mir auf die Unterlippe. Dann hatten wir die Flasche also tatsächlich auf der Brücke stehen lassen.

»Meint ihr nicht, wir sollten uns vielleicht doch bei der Polizei als Zeugen melden?«, fragte ich.

Pia runzelte die Stirn. »Wie kommst du denn jetzt darauf?«

»Nur so.« Ich zuckte mit den Schultern. »Wenn Lukas recht hat und die Polizei sowieso an die Schulen kommt, um alle Schüler zu befragen, können wir uns genauso gut freiwillig melden.«

»Bist du verrückt?« Markus schüttelte den Kopf. »Glaub mir, das bringt nur Ärger.«

»Wieso? Wir haben doch nichts zu verbergen.«

Markus und Pia wechselten einen schnellen Blick, den ich nicht richtig deuten konnte. Als würde ein stilles Einvernehmen zwischen ihnen herrschen, von dem ich ausgeschlossen war.

»Doch, wir haben etwas zu verbergen«, sagte Pia ruhig. »Zum Beispiel, dass wir mit sechzehn noch nach zwölf auf dem Festival waren. Eigentlich hätten wir längst zu Hause sein müssen. Meine Eltern haben kein Problem damit, aber deine Mutter würde das vermutlich nicht so witzig finden, oder?«

»Nein«, gab ich zu. »Sie würde ausrasten.«

»Siehst du.« Pia schien zufrieden zu sein. »Also halten wir besser den Mund.«

»Genau«, sagte Markus. »Oder hast du was Wichtiges gesehen?«

Ich schüttelte den Kopf. »Ich hab den totalen Filmriss. Selbst wenn ich was gesehen hätte, wüsste ich es nicht mehr.«

»Hey, vielleicht hast du ja die Flasche von der Brücke geworfen und es danach einfach vergessen. Das wär doch mal was!« Er lachte, als hätte er einen besonders guten Witz gemacht.

»Das ist nicht lustig!«, fauchte ich ihn an. »Deine blöden Scherze kannst du dir sparen.«

Markus kniff die Augen zusammen. »Warum bist du in letzter Zeit eigentlich immer so empfindlich?«

»Sorry. War nicht so gemeint.« Ich atmete tief durch. Es war nicht fair, Markus so anzuschnauzen. Er konnte schließlich nichts dafür, dass meine Nerven blank lagen. »Und wenn es unsere Weinflasche war, die jemand auf die Autobahn geworfen hat?«, fragte ich leise.

Pia schaubte. »Also, jetzt übertreibst du aber. Ich hab an dem Abend mindestens zehn Leute mit Weinflaschen gesehen. Vermutlich hat sich jeder Zweite was zu trinken mitgebracht. Warum sollte ausgerechnet unsere Flasche auf dem Auto gelandet sein?«

»Pia hat recht«, stimmte Markus zu. »Das ist wirklich ziemlich weit hergeholt.« Er legte einen Arm um meine Schulter und zog mich an sich. »Mach dir nicht so viele Gedanken, Süße. Warum schaltest du deinen Kopf nicht einfach mal eine Weile aus?«

Ich lehnte meine Stirn gegen seine Brust. Der vertraute Geruch nach Markus' Aftershave, dem Waschmittel seiner Mutter und einem Hauch Schweiß beruhigte mich wieder ein bisschen. Manchmal wünschte ich wirklich, ich könnte das. Meinen Kopf ausschalten. Mein Gehirn auf Stand-by stellen. Dann wäre das Leben bestimmt einfacher.

Ich zuckte zusammen, als Markus plötzlich laut zu rufen begann. »He, Jakob! Komm doch mal her!«

Ich hob den Kopf. Jakob schlenderte gerade auf den Schulhof. Er trug ein graues T-Shirt und hatte eine Umhängetasche aus Lkw-Plane dabei. Sein schwarzer Blick war direkt auf mich gerichtet. Ich wollte wegsehen, doch seine Augen ließen mich nicht los. Sie hielten mich gefangen und katapultierten mich zurück an einen anderen Ort, in eine andere Zeit.

Ich renne. Er ist direkt hinter mir. Sein Atem in meinem Nacken. Das Moos unter unseren Schuhen. Unsere Schritte lautlos und still. Als würden wir fliegen. Ich habe keine Angst.

Mein Herz begann zu hämmern. Am liebsten wäre ich weggelaufen, aber Markus' Arm lag immer noch auf meinen Schultern.

Hätte ich Angst haben sollen?

Jakob zögerte einen Moment, dann kam er langsam auf uns zu.

»Na, alles klar?«, fragte Markus in lockerem Tonfall.

Jakob nickte. »Und bei dir?«

»Könnte nicht besser sein. Sag mal, bist du schon von den Bullen befragt worden?«

»Nein.« Jakob fuhr sich mit der Hand durch die Haare. Er sah mich nicht mehr an, doch ich spürte seinen Blick immer noch auf meiner Haut. »Aber sie haben meine Personalien aufgenommen. Und ich musste nach Hause laufen. Eigentlich wollte ich im Auto pennen, aber das ging nicht, weil die Bullen das ganze Gelände abgesperrt hatten. Und wenn ich mich ans Steuer gesetzt hätte, hätten sie mich vermutlich gleich hopsgenommen.«

Das Adrenalin schoss durch meinen Körper. Jakob war mit dem Auto auf dem Festival gewesen! In meinen Ohren begann es zu rauschen und von der restlichen Unterhaltung bekam ich kaum etwas mit.

»Du Armer.« Pia schüttelte mitleidig den Kopf. »Ist ein ordentliches Stück, was?«

»Das kannst du laut sagen.« Für den Bruchteil einer Sekunde sah Jakob zu mir. Unsere Blicke trafen sich und prompt stockte mir der Atem. Wusste er, was ich dachte? Ich wartete darauf, dass er noch etwas sagen würde. Eine Bemerkung über meine Trinkfestigkeit. Oder über meine Vorliebe für nächtliche Bäder im Baggersee.

Doch Jakob schwieg. Er nickte Markus zu, dann ging er weiter. Ich atmete auf.

»Man sieht sich!«, rief Pia ihm nach, aber Jakob drehte sich nicht noch einmal um.

3

Ich war froh, als der Vormittag vorbei war. Die letzte Stunde hatte mir den Rest gegeben. Badminton bei Frau Fritsche, die trotz ihres fortgeschrittenen Alters immer eine knallenge Gymnastikhose und ein viel zu knappes Sport-Shirt mit großzügigem Ausschnitt trug, aus dem ihr üppiger Busen beinahe herausfiel.

Die Jungs kriegten jedes Mal Stielaugen, wenn sie den Aufschlag vormachte, was Frau Fritsche großzügig mit guten Noten quittierte. Nicht zum ersten Mal fragte ich mich, warum ich nicht den Aerobic-Kurs genommen hatte, so wie Pia. Und nicht zum ersten Mal wusste ich die Antwort eigentlich ganz genau: weil ich Aerobic zum Kotzen fand.

Nachdem ich geduscht und mich umgezogen hatte, verließ ich die Sporthalle und ging langsam über den Parkplatz zu meinem Fahrrad. Die leichte Brise war angenehm und ich freute mich darauf, zu Hause endlich die verschwitzte Jeans auszuziehen und wieder in meinen Lieblingsrock zu schlüpfen.

Da bemerkte ich das Auto. Ich blieb wie angewurzelt stehen. Ein alter, dunkelblauer Passat. Er stand zwischen einem roten Golf und einem weißen Mercedes auf dem Lehrerparkplatz wie ein immer wiederkehrender Albtraum. Und diesmal gab es keinen Zweifel: Der Wagen war nicht meiner Fantasie entsprungen. Er war wirklich da. Meine Beine begannen zu zittern.

»Hey, Jenny!«

Jakob stieg aus dem Wagen. Mein Mund war so trocken, dass ich keinen Ton herausbrachte. Ich räusperte mich und flüsterte: »Ist das dein Auto?«

Jakob nickte. Sein Blick war unergründlich. Ich wollte mich nicht wieder von ihm fortziehen lassen, aber es passierte trotzdem. Ich konnte nichts dagegen tun.

Dunkelheit, beschlagene Scheiben. Der muffige Geruch des Schlafsacks. Übelkeit, Angst, Panik ...

Ich warf einen Blick in den Passat. Das verstaubte Armaturenbrett, die Sitze aus abgewetztem Leder und der Müll im Fußraum. Es war der Wagen, in dem ich Samstagnacht aufgewacht war, kein Zweifel. Der Beifahrersitz befand sich wieder in der Senkrechten. Auf dem Rücksitz meinte ich, einen zusammengeknüllten, olivgrünen Schlafsack zu erkennen.

Lustvolles Stöhnen. Gespreizte Schenkel. Blutige Kratzer auf weißer Haut ...

Jakob kam auf mich zu. Ich wollte weglaufen, aber meine Beine gehorchten mir nicht. Ich blieb wie festgewachsen auf dem Parkplatz stehen. Was, wenn er mich gleich ins Auto ziehen und losfahren würde? Zurück in den Wald? Zurück in meinen Albtraum?

Ich schwankte. Jakob wollte nach meinem Arm greifen, ich wich einen Schritt zurück.

»Alles in Ordnung?« Jakob sah mich forschend an.

Ich nickte. Dann schüttelte ich den Kopf. »Was willst du von mir?«

»Mit dir reden, sonst nichts.« Jakob sprach leise. Sein Mund war direkt an meinem Ohr. Ich konnte seinen Atem auf meiner Haut spüren.

Ich renne. Sein Atem in meinem Nacken. Er ist direkt hinter mir. Ich stolpere, seine Hand hält mich fest. Wohin laufen wir?

Ich schüttelte den Kopf. »Lass mich einfach in Ruhe, okay?«

»Das würde ich ja gern. Aber es geht nicht.« Jakob sah jetzt beinahe gequält aus und ich fragte mich, warum. Irgendetwas stimmte nicht mit ihm. War er ein Stalker? Oder wollte er mich erpressen? Eine weitere Nacht mit mir und er würde wieder aus meinem Leben verschwinden?

Was wusste ich eigentlich über Jakob? Nicht viel.

Er hat irgendwie Ärger gehabt. Darum sind seine Eltern umgezogen. Sie wollten hier neu anfangen.

Pias Worte. Was für Ärger? Warum wollte Jakob nicht darüber reden?

Wir schwiegen. Meine Kopfhaut begann zu kribbeln, Jakobs Anwesenheit machte mich nervös. Er wusste, was letzte Nacht passiert war. Ich nicht.

»Was hatte ich Samstagnacht in deinem Wagen zu suchen?« Die Frage war heraus, ehe ich sie zurückhalten konnte.

Jakob warf mir einen seltsamen Blick zu. »Weißt du das wirklich nicht mehr?« Er ging zu seinem Passat, öffnete die Fahrertür, beugte sich ins Wageninnere und holte etwas heraus. »Hier, ich hab was für dich.«

Ich schnappte nach Luft, als ich erkannte, was er mir hinhielt. »Meine Jeansjacke! Wo hast du die her?« Mit einem Satz war ich bei ihm und riss ihm die Jacke aus der Hand.

»Du hast sie im Auto liegen lassen.« In Jakobs dunklen Augen spiegelte sich die Sonne. »Warum bist du eigentlich einfach abgehauen?«

Ich starrte Jakob an. Was sollte diese Frage? Irgendetwas lief gerade total schief. Ehe ich mir einen Reim darauf machen konnte, hörte ich eine Stimme hinter mir.

»Hallo, ihr beiden! Was treibt ihr denn hier?«

Jakob und ich fuhren auseinander. Erst jetzt wurde mir bewusst, wie nah wir beieinandergestanden hatten.

Pia kam auf uns zu. Sie schwenkte gut gelaunt ihre Sporttasche. Ihre frisch gewaschenen Haare glänzten im Sonnenlicht. Sie zog eine Augenbraue hoch, als sie meine verwirrte Miene bemerkte. »Störe ich?«

»Unsinn«, sagte ich schnell. »Jakob hat mir nur meine Jeansjacke zurückgegeben.« Im selben Moment hätte ich mir am liebsten auf die Zunge gebissen.

»Wo hast du denn Jennys Jacke her?«, fragte Pia sofort.

»Ich hab sie auf dem Weg zum Festivalgelände gefunden«, sagte Jakob, ohne zu zögern. »Bin fast drüber gestolpert.«

Er war ein guter Lügner. Ich hätte ihm die Geschichte sofort abgekauft. Aber Pia ist misstrauischer als ich.

»Und du wusstest gleich, dass es Jennys Jacke ist? Nicht schlecht.«

Jakob hielt Pias skeptischem Blick mühelos stand. »Ich bin eben ein guter Beobachter.«

»Das glaube ich auch«, murmelte Pia. Ich konnte

sehen, wie es in ihrem Kopf ratterte. Sie versuchte herauszufinden, was hier lief. Bei der nächsten Gelegenheit würde sie mich zur Rede stellen, das war klar.

»Dann bis später.« Jakobs dunkle Augen ruhten auf mir. Einen Moment nur, aber es reichte, um mich völlig durcheinanderzubringen. Ich kriegte keinen Ton heraus.

»Du musst schon los?«, säuselte Pia. Sie zog einen Schmollmund. »Schade. Aber wir können ja auch ein andermal weiterquatschen.«

Jakob stieg in seinen Wagen, manövrierte ihn aus der engen Parklücke und fuhr davon.

Pia seufzte. »Was für ein süßer Typ! Aber irgendwie habe ich das Gefühl, er steht nicht auf mich.«

»Wie kommst du denn darauf?«, fragte ich automatisch, in Gedanken immer noch bei Jakob. Sein schwarzer Blick ließ mich einfach nicht los. Zumindest wusste ich jetzt, in wessen Auto ich Samstagnacht aufgewacht war. Auch wenn mich das kein bisschen beruhigte. Eher im Gegenteil.

»Er haut immer ab, wenn ich irgendwo auftauche«, erklärte Pia. »Sag mal, was läuft da eigentlich zwischen euch?«

Das wüsste ich selbst gerne.

»Gar nichts. Wieso?«

»Ich hab da gerade ganz starke Schwingungen zwischen euch gespürt«, behauptete Pia. Sie machte eine bedeutungsvolle Pause. »Erotische Schwingungen.«

Ich versuchte ein ungezwungenes Lachen. »Jetzt fängst du aber an zu spinnen!«

Frau Fritsche stöckelte mit wogendem Busen auf uns zu. Wir standen direkt neben ihrem Auto. Sie zückte einen Schlüsselbund und schloss den roten Golf auf.

Pia verzog das Gesicht. »Lass uns abhauen.«

Damit war das Thema vorerst erledigt. Die Frage war nur, für wie lange.

4

Zu Hause war es angenehm kühl. Meine Mutter war noch bei der Arbeit. Sie hatte mir einen Zettel auf den Küchentisch gelegt mit dem Hinweis, dass noch Lasagne im Kühlschrank sei. Als ob ich das nicht selbst wüsste. Manchmal hatte ich das Gefühl, für sie war die Zeit seit Papas Tod stehen geblieben. Ob sie jemals aufhören würde, mich wie eine Zehnjährige zu behandeln?

Ich stellte einen Teller mit Lasagne in die Mikrowelle, ließ mich auf die Küchenbank fallen und griff nach meiner Jeansjacke. Ich hielt sie an meine Nase und meinte, eine Spur von Jakobs Geruch wahrzunehmen. Ein bisschen Seife, irgendein Rasierwasser und natürlich die Lederjacke. Ich stutzte. Moment mal – woher wusste ich eigentlich so genau, wie er roch?

Ich schob den Gedanken beiseite und griff in die vordere Jackentasche. Doch sie war leer. Hektisch suchte ich in den anderen Taschen, einmal, zweimal, dreimal. Aber das Ergebnis blieb dasselbe: Das Handy war nicht da. Langsam ließ ich die Jacke sinken. Was hatte ich eigentlich erwartet? Ich wusste doch, dass irgendjemand mein Handy gefunden und mitgenommen hatte. Vermutlich war es mir im Lauf des Abends aus der Jacke gefallen. Oder hatte Jakob es herausgenommen? Aber warum sollte er mein Handy klauen?

Die Mikrowelle stellte sich mit einem Pling aus. Nachdenklich holte ich die dampfende Lasagne heraus, goss mir ein Glas Wasser ein und setzte mich an den Küchentisch. Während ich lustlos in meinem Essen herumstocherte, zog ich die Zeitung zu mir heran und blätterte sie durch. Der Unfall war natürlich der Aufmacher des Tages. Gleich auf der ersten Seite prangte eine Großaufnahme des zerstörten Wagens, es folgten Hintergrundberichte über den Unfallhergang, die Unfallopfer und natürlich den aktuellen Stand der Ermittlungen.

Ein Artikel war mit dem Foto des Polizisten versehen, der im Fernsehen interviewt worden war und der Lara und Marie befragt hatte. Es handelte sich um einen gewissen Kommissar Lukowski, Leiter der Soko Autobahnbrücke. Jetzt gab es also schon eine eigene Sonderkommission. Der Fall schien wirklich ziemliche Wellen zu schlagen. Während ich mir eine Gabel Lasagne in den Mund schob, begann ich zu lesen.

Der tragische Unfall nahe der Autobahnbrücke gibt der örtlichen Polizei weiterhin Rätsel auf. Kommissar Klaus Lukowski, Leiter der Soko Autobahnbrücke, hat mit uns über den neuesten Stand der Ermittlungen gesprochen.

Tagesanzeiger: *Herr Lukowski, seit heute ist klar, dass eine von der Brücke geworfene Flasche den Unfall verursacht hat. Gibt es bereits eine heiße Spur zum Flaschenwerfer?*

Kommissar Lukowski: *Wir verfolgen zurzeit verschiedene Spuren. Es gab eine Menge Hinweise aus der Bevölkerung, denen wir nachgehen müssen. Außerdem laufen immer noch die Zeugenbefragungen der Besucher des* Rock am See-Festivals. *Erst allmählich kristallisiert sich für uns ein ungefähres Bild des Tathergangs heraus. Doch bevor wir damit an die Öffentlichkeit gehen, brauchen wir noch mehr Informationen.*

TA: *Werden Sie den Täter fassen?*

KL: *Da bin ich mir ganz sicher. An dem betreffenden Abend waren so viele Menschen auf der Autobahnbrücke und in der Nähe unterwegs, irgendjemand muss etwas gesehen haben. Es ist nur eine Frage der Zeit, wann wir den entscheidenden Hinweis bekommen.*

TA: *Gibt es neue Informationen zu der Weinflasche, die den Unfall ausgelöst hat?*

KL: *Allerdings. Unsere Kriminaltechniker konnten aus den Scherben, die wir am Unfallort gefunden haben, die Flasche samt Etikett rekonstruieren. Es handelt sich um eine 1,5-Liter-Flasche Lambrusco, ein Rotwein, der in zahlreichen Supermarkt-Filialen verkauft wird.*

TA: *Konnten Sie Fingerabdrücke auf den Scherben sichern?*

KL: *Dazu möchte ich aus ermittlungstaktischen Gründen nichts sagen.*

TA: *Vielen Dank für das Gespräch.*

Die Gabel rutschte mir aus der Hand und landete klirrend auf dem Teller. Die Lasagne war inzwischen kalt geworden. Der Käse war zu glitschigen Gebilden auf dem Spinat erstarrt. Aber mir war sowieso der Appetit vergangen. Eine leichte Übelkeit breitete sich in meinem Magen aus, während die Gedanken durch meinen Kopf rasten. Es war eine Lambrusco-Flasche gewesen! Aus dem Supermarkt! In diesem Moment war ich mir hundertprozentig sicher, dass das kein Zufall sein konnte.

Die Flasche segelt durch die Luft, dreht sich einmal um die eigene Achse. Wein spritzt heraus, rot wie Blut, während die Flasche fällt und fällt, bis sie eins wird mit der Dunkelheit ...

Ich stand auf, ging in den Flur und wählte mit zitternden Fingern Pias Nummer. Sie meldete sich beinahe sofort, als hätte sie auf meinen Anruf gewartet.

»Hast du schon Zeitung gelesen?«, fragte ich statt einer Begrüßung.

»Nein. Wieso?«

»Sie haben die Flasche rekonstruiert. Es ist ein Lambrusco vom Supermarkt.«

»Na und?«

»Na und?« Meine Stimme klang schrill. »Das ist genau der Wein, den wir auf der Autobahnbrücke getrunken haben.«

»Ja, und außer uns wahrscheinlich noch zig andere Leute«, erwiderte Pia seelenruhig. »Mensch, Jenny, jetzt reg dich doch nicht so auf. Den Wein kauft unsere halbe Schule, weil er billig ist und trotzdem halbwegs schmeckt.«

»Das kann doch kein Zufall sein«, beharrte ich störrisch. »Was, wenn es unsere Weinflasche war, die den Unfall ausgelöst hat?«

»Dann ist das zwar tragisch, aber leider nicht mehr zu ändern. Was können wir dafür, wenn irgendein Idiot halb volle Flaschen von der Brücke wirft? Ich hab jedenfalls keine Lust, mir jede Menge Ärger einzuhandeln, nur weil ich vergessen habe, eine Glasflasche in den Müll zu werfen.«

Pias Stimme klang endgültig, aber ich ließ nicht so schnell locker. »Wir sollten trotzdem zur Polizei gehen und eine Zeugenaussage machen. Vielleicht haben sie sogar unsere Fingerabdrücke auf der Flasche gefunden.«

»Ein Grund mehr, sich aus der Sache rauszuhalten.

Mensch, Jenny, denk doch mal nach! Dieser Oberpolizist macht doch einen Luftsprung vor Freude, wenn wir uns freiwillig melden. Die Öffentlichkeit sitzt ihm im Nacken, die Presse und bestimmt auch irgendwelche Politiker. Er braucht dringend einen Verdächtigen. Ein paar Jugendliche, die auf der Brücke gesoffen haben, kommen ihm da gerade recht. Der lehnt sich zufrieden zurück und hängt uns die Sache an.«

»Das glaub ich nicht«, sagte ich, obwohl ich insgeheim zugeben musste, dass an ihrer Argumentation etwas dran war. Trotzdem ärgerte ich mich über ihre abgeklärte Art. Warum konnte Pia die Sache einfach so abtun, während ich hier herumsaß und mir das Gehirn zermarterte? Oder war das alles nur Show? Wollte sie mit ihrem coolen Getue von etwas anderem ablenken?

Zum Beispiel von der Wahrheit?

»Wir haben das doch schon ausführlich besprochen«, sagte Pia. »Wenn wir schön den Mund halten, passiert uns auch nichts. Schließlich hat keiner von uns die Flasche geworfen, oder?«

»Nein, natürlich nicht.« Doch die Zweifel ließen sich nicht so einfach abstellen. »Warst du eigentlich später am Abend noch mal auf der Brücke?«

Pia seufzte. »Nein. Ich hab dir doch schon alles erzählt. Erst hab ich mit Jakob gequatscht, dann sind Marie und Lara aufgetaucht und Jakob ist abgehauen. Als ich ihn nicht mehr finden konnte, bin ich zur Bühne gegangen und hab mir die Band angehört.«

»*XXL*?«, fragte ich.

»Genau. Die waren gar nicht schlecht. Die Leute sind total abgegangen.«

»Dann müsstest du doch eigentlich Markus gesehen haben. Er war auch vor der Bühne.«

»Markus? Nein. Vielleicht war er irgendwo auf der anderen Seite. Du glaubst ja nicht, was da los war. Es war supervoll. Der reinste Hexenkessel. Und nach dem Konzert bin ich überall herumgerannt und hab dich gesucht. Wenn wir schon dabei sind, den Abend zu rekonstruieren: Wo hast du eigentlich die ganze Zeit gesteckt?«

Ich zögerte. Wenn ich die Wahrheit von Pia erfahren wollte, musste ich auch mit offenen Karten spielen. Außerdem war sie meine beste Freundin. Ich konnte ihr vertrauen.

Oder?

»Ich ... ich bin zum Festivalplatz gegangen«, begann ich stockend. »Nach dem Streit mit Markus. Ich war ziemlich fertig und hab dich überall gesucht. Aber ich konnte dich nicht finden. Stattdessen bin ich Jakob über den Weg gelaufen.« Ich wartete, aber Pia sagte nichts. »Ich dachte, du wärst bei ihm. Aber er war allein. Wir haben ein Bier zusammen getrunken. Und dann noch eins ... Später kam noch ein anderer Typ dazu. Ich glaube, Jakob kannte den irgendwoher ...«

Jetzt konnte Pia sich nicht mehr zurückhalten. »Du bist mit *Jakob* abgestürzt?«

»Na ja, irgendwie schon«, gab ich zu.

»Also hab ich doch recht gehabt«, stellte Pia schnippisch fest. »Ich wusste, dass was zwischen euch läuft! Zumindest muss ich mir jetzt nicht mehr den Kopf darüber zerbrechen, warum ich nicht bei ihm landen konnte. War's denn wenigstens schön?«

»Zwischen uns ist überhaupt nichts gelaufen«, sagte ich schnell. »Wir haben nur zusammen Bier getrunken, das ist alles.«

Pia lachte spöttisch. »Mach mir nichts vor! Wenn du mir schon den Typen vor der Nase wegschnappst, musst du mir wenigstens alle schmutzigen Details erzählen.«

»Da gibt's nichts zu erzählen. Mir ist schlecht geworden und ich musste kotzen. Ab da fehlt mir ein Stück im Film. Jakob muss irgendwann abgehauen sein. Und ich hab mich auf die Suche nach dir gemacht.«

Dies war nicht der richtige Moment, um Pia von dem Auto zu erzählen. Ich hatte sowieso schon das Gefühl, zu viel verraten zu haben.

»Weiß Markus davon?«, fragte Pia.

»Natürlich nicht! Und er braucht es auch nicht zu erfahren.«

Plötzlich lachte Pia laut auf und ich zuckte zusammen. »Was ist los?«

»Du willst wissen, was los ist? Das kann ich dir

sagen.« Pias Stimme klang so höhnisch, dass ich eine Gänsehaut bekam. »Bei Markus spielst du die eiserne Jungfrau, aber von Jakob lässt du dich betrunken befummeln. Das ist echt witzig, Jenny!«

»Was soll das?«, fragte ich scharf. »Ich hab dir doch gesagt, dass zwischen Jakob und mir nichts gelaufen ist.«

»Ja, aber das nehme ich dir nicht ab«, sagte Pia kalt. »Du tust immer so harmlos, dabei machst du alle Typen wild und lässt sie dann abblitzen. Kein Wunder, dass Robin keinen Bock mehr darauf hatte.«

»Halt die Klappe!«, brüllte ich. »Du bist doch bloß sauer, weil du nicht bei Jakob landen konntest. Du erträgst es einfach nicht, wenn ein Typ nicht sofort auf dich abfährt. Ist dir schon mal die Idee gekommen, dass nicht jeder auf Arschgewackel und Freiluftsex steht?«

»Wenigstens wissen die Typen, woran sie bei mir sind. Und glaub mir, du würdest dich wundern, wer so alles auf Freiluftsex steht.«

Ehe ich etwas erwidern konnte, hatte Pia aufgelegt. Wütend warf ich den Hörer auf die Gabel. Fast hätte ich das Telefon genommen und gegen die Wand geknallt. Stattdessen holte ich tief Luft und schrie das Wort heraus, das ich Pia in diesem Moment am liebsten gegen den Kopf geknallt hätte:

»SCHLAMPE!«

Danach ging es mir zumindest ein bisschen besser.

5

Nachmittags holte ich meine Mutter von der Arbeit ab. Wir wollten zusammen in die Stadt gehen, ein bisschen bummeln, vielleicht ein Eis essen. Als Ausgleich für das verpatzte Sonntagsessen. Nach dem Streit mit Pia hatte ich zwar keine große Lust darauf, aber ich konnte die Verabredung schlecht absagen. Außerdem war ein Ausflug in die Stadt vielleicht eine ganz gute Ablenkung.

Pias Worte gingen mir immer wieder im Kopf herum. Es war einfach das Letzte von ihr zu behaupten, ich würde die Jungs absichtlich heißmachen – das war ganz eindeutig ihr Spezialgebiet!

Als ich auf die Station kam, war Mama im Schwesternzimmer noch mit der Übergabe beschäftigt. Ich ging ein bisschen im Flur auf und ab und sah mich um. Meine Mutter und ihre Kolleginnen hatten sich wirklich Mühe gegeben, die Station ansprechend und fröhlich zu gestalten. An den sonnengelb gestrichenen Wänden hingen bunte Kinderbilder, es gab einen Aufenthaltsraum für die Eltern mit abgewetzten Polstermöbeln und vielen Topfpflanzen und ein Spielzimmer für die Kinder mit einem Schaukelpferd, Plüschtieren, zerfledderten Bilderbüchern und einem Spielhaus, das irgendein ortsansässiger Geschäftsmann vor Jahren gespendet hatte. Trotzdem war ich jedes Mal froh, wenn ich wieder draußen war. Ich hasse

Krankenhäuser. Der Geruch nach Kantinenessen, Medikamenten und Desinfektionsmitteln, das quietschende Geräusch der Schuhe auf dem Linoleumboden, die durch die Gänge eilenden Ärzte und Pfleger in weißen Kitteln – das alles verursacht mir Übelkeit. Und selbst die Plüschtiere und die bunten Bilder auf der Kinderstation konnten nicht darüber hinwegtäuschen, dass der Schmerz vieler Menschen in jede Wand, jede Sofaritze und jede Mauernische gesickert war. Niemand kam freiwillig her. Ich sah auf die knallrote Uhr mit den Mickymaus-Zeigern an der Wand und hoffte, dass meine Mutter bald fertig war.

Gegenüber öffnete sich eine Tür, sodass ich einen Blick in das dahinterliegende Patientenzimmer werfen konnte. Normalerweise werden die Zimmer mit mehreren Kindern belegt, aber in diesem Raum lag nur ein Kind. Ein Mädchen. Es wirkte klein und zerbrechlich in dem riesigen Krankenhausbett. Seine langen, braunen Haare lagen wie ein Fächer auf dem weißen Kopfkissen und sein Gesicht war sehr bleich. Ich sah die Schläuche, die aus seiner Nase kamen, die vielen Maschinen, an die es angeschlossen war. Sie zeichneten Kurven auf, summten oder piepsten leise.

Eine Krankenschwester trat aus dem Zimmer. Sie schloss die Tür, bevor sie mit ausgestreckter Hand auf mich zukam, um mich zu begrüßen. »Hallo, Jenny! Wie nett, dass du uns mal wieder besuchst.«

»Hallo, Rita.« Ich schüttelte ihre Hand. »Ich wollte Mama abholen, aber sie ist noch beschäftigt.«

Rita seufzte. »Ja, ja, immer im Stress, deine Mutter. Sie sollte nicht so viele Überstunden machen, sonst ist sie bald völlig ausgebrannt.«

»Das sage ich ihr auch immer.« Ich deutete auf das Zimmer, aus dem Rita gekommen war. »Warum liegt das Mädchen da drinnen ganz alleine?«

Rita senkte die Stimme. »Das ist die kleine Lena. Das Mädchen, das bei dem schlimmen Unfall am Samstag seine Mutter verloren hat. Sie ist fürs Erste über den Berg, aber sie braucht noch viel Ruhe. Außerdem sind hier in den letzten Tagen lauter Presseleute herumgeschlichen und haben die Kinder ausgefragt, darum schirmen wir Lena lieber ein bisschen ab.«

Ich starrte immer noch auf die Zimmertür. »Ihr muss schrecklich langweilig sein, so ohne jeden Kontakt zur Außenwelt.«

»Ja, seit es ihr etwas besser geht, klagt sie zunehmend über Langeweile.« Rita lächelte. »Das ist ein gutes Zeichen. Ihr Vater ist die meiste Zeit bei ihr, doch ab und zu braucht er auch mal eine Pause. Er ist gerade frische Luft schnappen gegangen. Der arme Mann ist völlig fertig mit den Nerven. Der Tod seiner Frau nimmt ihn sehr mit. Aber er kümmert sich trotzdem rührend um die Kleine.«

Rita schien es mit ihrer Schweigepflicht nicht so genau zu nehmen. Und das nutzte ich gnadenlos aus.

»Weiß sie schon ... dass ihre Mutter nicht mehr lebt?«, fragte ich weiter.

»Nein. Sie ist noch nicht stark genug für so eine schlimme Nachricht.« Rita schüttelte traurig den Kopf. »Aber früher oder später muss ihr Vater es ihr natürlich sagen. Ich hoffe, sie verkraftet es einigermaßen. Lena ist ein zähes Mädchen. Sie lässt sich nicht so leicht unterkriegen. Und sie hat wirklich wahnsinniges Glück gehabt, dass sie den Unfall ohne bleibende Schäden überlebt hat. Das grenzt fast an ein Wunder. Aber sie wird sicher noch eine Weile hierbleiben müssen.« Rita warf einen Blick auf ihre Armbanduhr. »Ich muss los, hab gleich Feierabend. Mach's gut, Jenny!« Sie verschwand im Schwesternzimmer.

Ich ließ mich auf einen Stuhl sinken. Plötzlich musste ich an den Abend denken, als mein Vater zusammengebrochen war. Er war beim Abendessen einfach weggesackt. Als wäre er von einer Sekunde auf die andere eingeschlafen. Ich dachte, er würde nur Spaß machen, und kicherte. Erst als meine Mutter aufsprang, kreidebleich, und verzweifelt versuchte, ihn wiederzubeleben, wurde mir klar, dass es kein Spaß war.

Im Krankenhaus mussten wir lange warten. Meine Großeltern waren da und meine Tante, alle waren sehr ernst. Oma weinte. Mama wollte, dass ich mit meiner Tante nach Hause ging, es war schon spät. Ich konnte die Augen kaum noch offen halten, aber ich wollte nicht weg. Ich blieb störrisch an Mamas Seite sitzen und hielt ihre Hand ganz fest, weil ich schreckliche Angst hatte, sie könnte auch noch verschwinden.

Als der Arzt endlich kam, war ich gerade eingeschlafen. Im Halbschlaf hörte ich, wie er etwas sagte. Plötzlich weinten alle, sogar Opa. Ich verstand erst viel später, was genau passiert war. Aber bereits in diesem Moment wusste ich ganz genau, dass ich meinen Vater nie wieder sehen würde.

»Jenny!« Meine Mutter kam über den Flur. »Tut mir leid, dass du warten musstest.« Sie stutzte. »Weinst du?«

»Nein.« Ich fuhr mir schnell über die Augen. »Sag mal, steht mein alter Kassettenrekorder eigentlich noch im Keller? Mit den Hörspielkassetten, die ich früher rauf und runter gehört habe?«

Mama sah mich etwas ratlos an. »Ich weiß nicht so genau. Gut möglich. Warum?«

»Nur so.« Ich lächelte. »Ich möchte ihn jemandem schenken.«

6

»Was nimmst du? Vielleicht ein Eis? Such dir ruhig was Leckeres aus.« Meine Mutter hielt mir die Eiskarte hin. Wir waren ein bisschen durch die Stadt gebummelt, hatten nach Schnäppchen Ausschau gehalten, aber nichts gekauft. Luftshoppen nannte Mama das. Jetzt saßen wir vor dem Eiscafé am Marktplatz in der Nachmittagssonne. Bei dem schönen Wetter war ordentlich was los. Wir hatten den letzten freien Tisch ergattert.

Der Kellner kam, während ich noch die Karte studierte. Meine Mutter bestellte einen Cappuccino.

»Ich nehme einen großen Früchtebecher«, sagte ich.

»Mit Sahne?«, fragte eine Stimme, die sich seit Samstagnacht in mein Gedächtnis eingebrannt hatte.

Mein Kopf fuhr ruckartig nach oben. Vor mir stand Jakob und sah mich mit seinen dunklen Augen an. Mir blieb beinahe die Luft weg. Panik stieg in mir auf und ich schaffte es nur mühsam, den Fluchtreflex zu unterdrücken.

Ganz ruhig, Jenny. Du bist nicht allein. Überall um dich herum sind Menschen. Deine Mutter sitzt neben dir. Er kann dir nichts tun.

»Was machst du hier?«, fragte ich scharf.

»Wie wär's mit Arbeiten?« Seine Augen funkelten spöttisch.

Jetzt erst fiel mir seine schwarze Hose auf. Und das weiße Hemd. Nicht gerade seine übliche Kleidung. Er hielt einen Block und einen Stift in der Hand und an seinem Gürtel baumelte ein großes Kellner-Portemonnaie.

»Willst du deinen Früchtebecher jetzt mit Sahne oder ohne?«, wiederholte er.

»Äh ... ohne.« Am liebsten wäre ich einfach aufgestanden und gegangen, aber ich wusste nicht, wie ich das meiner Mutter erklären sollte.

»Möchtest du mir deinen Bekannten nicht vorstellen, Jenny?«, fragte sie in diesem Moment. Das hatte mir gerade noch gefehlt.

»Nein«, sagte ich patzig. »Möchte ich nicht.«

Zum Glück wurde Jakob in diesem Moment an einen anderen Tisch gerufen. Meine Mutter warf mir einen vorwurfsvollen Blick zu. »Das war nicht besonders freundlich.«

»Sorry, aber ich kann den Typ nicht ausstehen«, murmelte ich.

»Warum denn nicht?« Meine Mutter warf einen Blick in die Richtung, in der Jakob verschwunden war. »Er scheint doch ganz nett zu sein.«

Ich seufzte genervt. »Können wir bitte über etwas anderes reden?«

Mama zuckte mit den Schultern. »Wie du möchtest. Was wünschst du dir eigentlich zum Geburtstag?«

In knapp drei Wochen wurde ich siebzehn. Eigentlich wäre das die perfekte Gelegenheit gewesen, mir ein neues Handy zu wünschen. Aber dies war nicht der richtige Augenblick, um Mama zu beichten, dass ich mein altes verloren hatte. Dann wäre die Stimmung endgültig im Eimer.

Ich zuckte mit den Schultern. »Keine Ahnung ...«

»Sag bloß, du bist wunschlos glücklich. Das gibt's

doch gar nicht bei einem Mädchen in deinem Alter.« Meine Mutter sah mich lächelnd an.

»Vielleicht was zum Anziehen«, sagte ich lahm. »Ich hab letztens bei H&M ein schwarzes Oberteil gesehen, das mir gut gefallen hat.«

Mama verzog das Gesicht. »Musst du denn immer Schwarz tragen, Jenny? Warum suchst du dir nicht mal etwas Buntes aus? Grün würde dir zum Beispiel sehr gut stehen.«

»Ich mag aber kein Grün.« Die Diskussion hatten wir bereits mehrfach geführt. Meine Mutter konnte einfach nicht akzeptieren, dass Schwarz meine Lieblingsfarbe war. Ich fand schwarze Sachen cool. Außerdem fühlte ich mich in bunten Klamotten wie ein Clown.

Am Nachbartisch heulte ein Kind, das seinen Eisbecher runtergeschmissen hatte. Das Geschrei war supernervig und ich hätte mir am liebsten die Ohren zugehalten. Ein Kellner eilte herbei, um die Sauerei zu beseitigen. Ich starrte ihn überrascht an. Im ersten Moment begriff ich nicht, warum er mir so bekannt vorkam. Dann machte es Klick in meinem Kopf.

Schwarze, ölige Haare. Oberlippenbärtchen. Schmaler Mund. Das Lächeln genauso schmierig wie die Frisur.

Das war er! Der Typ vom Festival, den ich schon fast für ein Produkt meiner Fantasie gehalten hatte. Es gab ihn wirklich, offenbar war er ein Kollege von Jakob. Er hockte keine zwei Meter von mir entfernt und wischte Schokoladeneis vom Pflaster auf. Als er meinen Blick bemerkte, grinste er anzüglich und zwinkerte mir zu. Vor meinen Augen begann sich alles zu drehen.

»Wie wär's mit einem neuen Rucksack?«, fragte Mama gerade. »Dein alter fällt ja bald auseinander. Du könntest ihn allmählich ausrangieren, was meinst du?«

»Lass uns gehen.« Ich erhob mich schwankend von meinem Stuhl.

»Aber unsere Bestellung ist doch noch gar nicht gekommen.« Meine Mutter sah mich stirnrunzelnd an. »Was ist denn los?«

»Mir ist schlecht«, brachte ich hervor. Und das war nicht mal gelogen. »Ich muss hier weg. Sofort.«

Meine Mutter schien endlich zu kapieren, dass ich es ernst meinte. Sie stand auf und griff nach ihrer Handtasche. Ich hatte es so eilig wegzukommen, dass ich fast meinen Stuhl umwarf, als ich mich zwischen den eng stehenden Tischen durchdrängelte. Die Sonne stach mir in die Augen und das Geschrei des Kindes dröhnte in meinem Kopf.

»Warte, Jenny!« Meine Mutter legte einen Zehneuroschein auf den Tisch und folgte mir. Sie griff nach meinem Arm. »Du bist ganz blass. Bestimmt die Hitze.«

»Ja, bestimmt.« Wir überquerten den Marktplatz und bogen in eine kleine Seitenstraße ein. Mit jedem Schritt, den ich mich vom Café entfernte, fühlte ich mich besser. Ich versuchte, die quälenden Bilder, die mir durch den Kopf gingen, zu ignorieren.

Dieser eklige Typ mit seinem schmierigen Grinsen. Das Glitzern in seinen Augen. Was wusste er von mir, das ich nicht wusste? Welche Albträume würden sich noch als Wirklichkeit herausstellen?

Und was, wenn die Wirklichkeit nur ein Traum war?

»Setz dich da hin.« Meine Mutter drückte mich auf eine Bank, die im Schatten einer Kastanie stand. »Bin gleich wieder da.« Sie ging in den Supermarkt gegenüber und kam kurze Zeit später mit einer Wasserflasche zurück. »Trink einen Schluck. Dann stabilisiert sich dein Kreislauf.«

»Danke.« Ich nahm die Flasche und setzte sie an die Lippen. Das eisgekühlte Wasser tat gut. Ich war noch etwas zittrig, aber die Übelkeit und das Schwindelgefühl waren verschwunden. »Geht schon wieder.«

»Sicher?« Mama sah mich prüfend an.

Ich nickte. »Alles in Ordnung.«

»Lass uns nach Hause fahren«, schlug Mama vor. »Du solltest dich etwas hinlegen.«

Ich schüttelte den Kopf. »Nicht nötig. Ich bin wieder fit, ehrlich. Außerdem wolltest du doch noch Besorgungen machen. Und ich hab auch noch was vor. Wir sehen uns später zu Hause, okay?«

Meine Mutter zögerte. »Ich weiß nicht ... Und wenn dir wieder schwindelig wird? Mit einem Kreislaufkollaps ist nicht zu spaßen, Jenny.«

»Mach dir keine Sorgen.« Ich lächelte meiner Mutter beruhigend zu. »Ich hab nur zu viel Sonne abbekommen, das ist alles. Mir geht's bestens.«

»Na gut. Ich hab tatsächlich noch etwas zu erledigen.« Mama machte ein geheimnisvolles Gesicht. Als wüsste ich nicht ganz genau, dass sie mir etwas zum Geburtstag kaufen wollte. »Aber sobald du dich schlecht fühlst, rufst du mich an, ja?«

Ich nickte. »Mach ich. Bis später! Und gib nicht alles Geld auf einmal aus.«

Mama lachte und ging in Richtung H&M davon. Hoffentlich musste ich an meinem Geburtstag nicht so tun, als würde ich mich über ein grasgrünes T-Shirt freuen. Oder über einen schicken neuen Rucksack.

Ich blieb noch eine Weile auf der Bank sitzen, während ein lauer Wind durch die Kastanienblätter fuhr und sie leise rascheln ließ.

Dann fasste ich einen Entschluss.

7

»Wir müssen reden.«

Wenn Jakob überrascht war, mich so schnell wiederzusehen, ließ er sich nichts anmerken. Er hatte gerade an einem der Tische vor dem Café abkassiert und steckte das große Portemonnaie mit einer routinierten Bewegung hinten in seinen Hosenbund. Der

Typ mit dem schmierigen Grinsen war nicht zu sehen und darüber war ich froh.

»Okay«, sagte Jakob. »Ich hab gleich Feierabend. Gib mir eine Viertelstunde.«

Während ich wartete, verschwand die Sonne hinter den Häusern und das Café leerte sich allmählich. Eine junge Frau wischte die Tische ab und stapelte die Stühle übereinander. Auch die umliegenden Geschäfte schlossen eins nach dem anderen. Es war kurz nach sechs. Feierabendzeit.

Ich trat nervös von einem Bein aufs andere. War es die richtige Entscheidung gewesen, in die Offensive zu gehen und Jakob anzusprechen? Aber was hatte ich für Alternativen? Ich wollte endlich wissen, was los war.

Als Jakob aus dem Café kam, straffte ich die Schultern und ging auf ihn zu. Er trug jetzt wieder seine normalen Klamotten und hatte sich die Tasche aus Lkw-Plane über die Schulter gehängt.

Wir liefen schweigend nebeneinander her, über den Marktplatz und die Haupteinkaufsstraße hinunter. Instinktiv wählte ich eine Route, auf der noch andere Menschen unterwegs waren.

Ich holte tief Luft und stellte die Frage, auf die ich immer noch keine Antwort bekommen hatte: »Was willst du von mir?«

Jakob warf mir einen schnellen Seitenblick zu. »Wieso ich von dir? Du wolltest doch mit mir reden.«

»Du weißt genau, was ich meine.« Ärger stieg in mir

auf und verdrängte die Angst. »Warum verfolgst du mich?«

Jakob zog eine Augenbraue hoch. »Was soll das heißen? Du bist heute im Café aufgetaucht. Ich arbeite dort, das ist alles.«

»Du hast unser Haus beobachtet«, sagte ich. »Ich hab dein Auto gesehen.« Als ich mich daran erinnerte, wurde mir kalt. Ob Jakob die ganze Nacht vor unserem Haus gestanden hatte?

Jakob seufzte. Ich sah so etwas wie Unsicherheit in seinen Augen aufblitzen. Das ließ ihn beinahe verletzlich wirken. »Okay ... du hast recht. Ich hab mir Sorgen gemacht.«

»Sorgen?«, fragte ich verblüfft. »Um wen?«

Jakob wich einer alten Dame mit Gehhilfe aus, die gerade aus einer Bäckerei kam. Hinter ihr schloss die Verkäuferin die Tür ab. »Um dich natürlich!« Jakob warf mir einen düsteren Blick zu. »Du warst Samstagnacht plötzlich verschwunden. Ich wusste nicht mal, ob du gut nach Hause gekommen bist.«

Ich starrte ihn an. Er schien es ehrlich zu meinen. »Was hatte ich in deinem Auto verloren?« Da war sie wieder, die alles entscheidende Frage.

»Du warst betrunken und dir wurde plötzlich schlecht«, erklärte Jakob. »Du musstest ... na ja, du hast dich übergeben.« Er fuhr sich verlegen durch die Haare. Dieselbe Geste wie in meiner Erinnerung. Weil die Erinnerung wahr war?

»Und dann?« Ich musste unbedingt mehr wissen.

Jakob sah mich mit einem merkwürdigen Blick an. Als würde er versuchen, direkt in meinen Kopf zu blicken. »Du weißt es wirklich nicht mehr?«

Ich biss mir auf die Unterlippe, bis ich Blut schmeckte. Dann gab ich mir einen Ruck. »Nein. Ich hab einen totalen Filmriss.« Es war schrecklich, es zugeben zu müssen, aber ich hatte keine andere Wahl. Jakob war der Einzige, der mir die Wahrheit sagen konnte. Der Einzige, der das schwarze Loch füllen konnte.

Jakob blieb stehen. »Du weißt gar nichts mehr?«

Ich schüttelte den Kopf. »Nur, dass wir zusammen Bier getrunken haben. Und irgendwas von einem Wald. Aber das ist ziemlich verschwommen.« Ich zögerte. »Wollte ich tatsächlich schwimmen gehen?«

Halb erwartete ich, dass Jakob mich verwirrt ansehen würde, ohne einen Funken des Verstehens. Doch stattdessen grinste er. »Ich konnte dich nur mit Mühe davon abhalten.«

Mir wurde heiß. Ich war auf der richtigen Spur. Meine Erinnerung war nicht verschwunden, sondern nur verschüttet. Ich konnte sie wieder ausgraben, wenn ich mir Mühe gab.

»Und wer war der andere Typ, der mit uns Bier getrunken hat?«, fragte ich möglichst beiläufig. Jakob sollte auf keinen Fall merken, wie angespannt ich war. Er sollte mir einfach nur die Wahrheit sagen. »Ein Freund von dir?«

Jakob verzog das Gesicht. »Max? Nein, das ist kein

Freund von mir. Er jobbt auch im Eiscafé. Echt nervig, der Typ. Hält sich für supertoll, dabei redet er nur Stuss.«

»War er auf dem Weg zum See mit dabei?«, fragte ich weiter.

Jakob schüttelte den Kopf. »Nein, wir haben ihn abgehängt, als er pinkeln musste.«

Ich ließ Jakob nicht aus den Augen. War das die Wahrheit? Schwer zu sagen. Ich wollte ihm so gerne glauben, aber das Misstrauen blieb. Ihn anzusehen war wie ein Déjà-vu. Seine Gesichtszüge wirkten gleichzeitig fremd und vertraut. Hatte ich dieses Grübchen neben seinem Mund nicht schon einmal berührt? Und die Stirn mit den tief eingegrabenen Denkerfalten? Und die schmalen Lippen?

»Hör mal, Jenny ...« Jakob wirkte plötzlich nervös. Er steckte die Hände in die Hosentaschen und zog die Schultern hoch. »Es gibt da was, was ich dir sagen muss.«

Mein Mund wurde trocken. Jetzt war es so weit. Die Stunde der Wahrheit. Gleich würde ich erfahren, was Samstagnacht tatsächlich geschehen war.

Doch ehe Jakob weitersprechen konnte, tauchte ein Obdachloser im Rollstuhl vor uns auf. Trotz der Sommerhitze trug er eine dunkelblaue Wollmütze. »*Die Arche?*« Er hielt uns ein Obdachlosen-Magazin hin. Sein Gesicht war rot und aufgedunsen, und als er uns angrinste, atmete ich seine Alkoholfahne ein.

Ich schüttelte den Kopf. »Nein, danke.«

Der Mann fuhr weiter. Sein elektrischer Rollstuhl entfernte sich leise surrend. Und in diesem Moment entdeckte ich Markus. Er kam aus dem *Backstage*, einer Kneipe auf der gegenüberliegenden Straßenseite. Tom folgte ihm. Er klopfte Markus auf die Schulter und lachte. Ich erstarrte. Noch hatten die beiden uns nicht gesehen.

Das *Backstage* war ein stadtbekannter Drogenumschlagplatz. Hier hatten Tom und Markus immer ihr Gras unter die Leute gebracht. Was zum Teufel hatte Markus hier zu suchen?

»Hör mal, ich muss jetzt los«, sagte ich hektisch.

Jakob nickte. »Schon klar.« Er hatte Markus ebenfalls bemerkt.

»Können wir uns morgen sehen?« Die Frage kam so plötzlich, dass sie mich selbst überraschte. »Dann reden wir weiter. Um fünf am alten Bootshaus? Das ist direkt am Fluss.«

»Okay.« Jakob nickte mir noch einmal zu, dann drehte er sich um und ging davon.

8

Als ich abends die Nachrichten einschaltete, hatte ich keine Ahnung, was mich erwartete. Meine Mutter war bei ihrer wöchentlichen Rückengymnastik, der einzigen Freizeitbeschäftigung, die sie regelmäßig betrieb, und ich saß mit einem Käsebrot und einem Glas kalter Milch vor dem Fernseher.

Der Schock traf mich völlig unvorbereitet. Ich war in Gedanken immer noch bei Jakob. Jede Silbe unseres Gesprächs hatte sich in mein Gedächtnis eingebrannt. Als wollte es sich dafür revanchieren, dass es mich beim letzten Mal so hinterhältig im Stich gelassen hatte.

Es brachte nichts, mir länger etwas vorzumachen. Jakob machte mir Angst, aber er faszinierte mich auch. Seine dunklen Augen, sein Blick, der mir jedes Mal eine Gänsehaut über den Rücken jagte. Und er war mir vertrauter, als er es eigentlich sein durfte. Ich versuchte, logisch zu denken. Zwei Dinge waren klar:

Erstens: Irgendetwas war Samstagnacht zwischen Jakob und mir passiert.

Zweitens: Jakob wusste, was geschehen war. Ich nicht.

Die große Frage lautete: Was war geschehen? Und welche Rollen hatten Jakob und ich dabei gespielt? Bisher hatte ich mich immer als Opfer gesehen. Und wenn es ganz anders gewesen war?

Doch dann begannen die Nachrichten und drängten alles in den Hintergrund. Natürlich ging es wieder um den Unfall. Erst wurden die bekannten Fakten wiederholt.

»Inzwischen gibt es spektakuläre Neuigkeiten im Fall Autobahnbrücke«, berichtete der Sprecher nach dem kurzen Rückblick. »Vor wenigen Stunden hat die Polizei ein Phantombild veröffentlicht, das zwei Personen zeigt, die sich am Abend des Unfalls auf der Brücke aufgehalten haben sollen. Die Polizei bittet die beiden Personen dringend, sich als Zeugen zu melden, da sie möglicherweise wichtige Beobachtungen gemacht haben könnten.«

Als das Phantombild eingeblendet wurde, fiel mir fast das Käsebrot aus der Hand. Ich saß wie erstarrt auf dem Sofa und konnte den Blick nicht vom Bildschirm abwenden. Schemenhaft waren zwei Menschen auf der schwarz-weißen Computer-Zeichnung zu erkennen. Die Gesichter waren nur angedeutet. Aber man sah ganz klar, dass es sich um einen Jungen und ein Mädchen handelte. Sie war einen Kopf kleiner als er, hatte schwarze, lange Haare und trug einen dunklen Rock und ein T-Shirt. Er war blond und trug Jeans.

Man brauchte nicht viel Fantasie, um Markus zu erkennen. Und das Mädchen war ich.

Ich konnte keinen klaren Gedanken fassen. Wie hypnotisiert verfolgte ich den weiteren Bericht. Der leitende Polizist, Kommissar Lukowski, wurde eingeblendet und gab einen kurzen Kommentar ab.

»Dieses Phantombild könnte der Durchbruch bei den Ermittlungen sein. Die beiden Personen wurden von mehreren Zeugen gesehen, deren Beschreibungen sich größtenteils decken. Es handelt sich um einen männlichen und einen weiblichen Jugendlichen, beide zwischen sechzehn und achtzehn Jahre alt. Wir gehen davon aus, dass sie aus der Gegend stammen und am Samstagabend das *Rock am See*-Festival besucht haben. Ein Zeuge gab an, sie hätten sich gestritten. Bisher haben sich diese beiden Personen leider noch nicht bei uns gemeldet. Wir bitten sie dringend, dies so schnell wie möglich nachzuholen.« Er schien mich mit seinen stechenden Augen direkt anzusehen. »Vorerst suchen wir die beiden Personen nicht als Tatverdächtige, sondern als Zeugen. Sie können sich rund um die Uhr bei jeder Polizeidienststelle melden.«

Die Worte des Kommissars hallten wie ein endloses Echo in meinem Kopf wider, während die restlichen Nachrichten an mir vorbeirauschten, ohne dass ich wirklich etwas davon mitbekam.

Vorerst suchen wir die beiden Personen nicht als Tatverdächtige, sondern als Zeugen.

Vorerst ...

Als es klingelte, zuckte ich zusammen. Meine Knie begannen unkontrolliert zu zittern. Mein erster Gedanke war, einfach nicht aufzumachen. Was, wenn mich jemand erkannt hatte? Die Nachbarn, eine Kollegin meiner Mutter oder irgendein Mitschüler? Was, wenn in dieser Sekunde die Polizei vor unserer Tür stand?

Unsinn, versuchte ich mich zu beruhigen. So schnell geht das nicht. Hör auf, dich verrückt zu machen.

Langsam stand ich auf. Meine Knie zitterten immer noch. Irgendwie schaffte ich es bis zur Haustür. Ich sah nur eine einzige Silhouette durch die Milchglasscheibe. Keine Uniform. Trotzdem legte ich, einem plötzlichen Impuls folgend, die Sicherheitskette vor, ehe ich aufmachte.

»Jenny? Was soll das? Ich bin's!«

Markus! Vor Erleichterung wurde mir beinahe schwindelig. Nachdem ich die Tür wieder geschlossen hatte, lehnte ich für eine Sekunde meine fiebrige Stirn gegen das kühle Glas. Dann löste ich die Kette und ließ Markus herein. Er ging ins Wohnzimmer und setzte sich aufs Sofa.

»Hast du auch gerade die Nachrichten gesehen?«

Ich nickte stumm. Sagen konnte ich nichts.

»Irgendwer muss uns am Samstag auf der Brücke beobachtet haben.« Markus fuhr sich mit beiden Händen durch die kurzen Haare. Sein Gesicht war gerötet. Er sah ziemlich aufgewühlt aus.

Ich nahm neben ihm Platz. »Vielleicht dieses Pärchen, das an uns vorbeigekommen ist. Oder irgendwer anders. Es sind jede Menge Leute über die Brücke gelaufen, während wir dort waren.«

»Zum Glück ist das Bild nicht besonders gut. Man muss schon ziemlich genau hinschauen, um uns darauf zu erkennen.«

»Findest du? Ich hab uns sofort erkannt.« Ich sah Markus fest an. Auf einmal war ich ganz ruhig. »Wir müssen zur Polizei gehen. Und zwar so schnell wie möglich.«

»Bist du verrückt?« Markus schüttelte den Kopf. »Das geht nicht!«

»Warum nicht?«

»Weil ... weil ich keinen Ärger mit den Bullen will. Und du doch auch nicht, oder?«

»Wir werden keinen Ärger bekommen«, sagte ich. »Wir machen unsere Zeugenaussage und dann gehen wir wieder. Sie können uns nichts anhängen, weil wir nichts getan haben.«

»So einfach ist das nicht.« Markus seufzte. »Glaub mir, die werden uns total durch die Mangel drehen. Uns komplett durchleuchten. Unsere ganze Vergangenheit, alles, was wir jemals in unserem Leben getan haben.«

»Na und? Wir haben doch nichts zu verbergen.« Ich war mir sicherer denn je, dass das die richtige Entscheidung war.

»Du vielleicht nicht ...«, murmelte Markus.

»Glaubst du etwa, sie hängen dir was an, weil du einmal mit Gras erwischt worden bist?«, fragte ich. »Das ist doch Schnee von gestern. Und jetzt bist du sauber.«

»Ich will einfach keinen Ärger, das ist alles«, wiederholte Markus wie ein endloses Mantra.

»Was ist, wenn uns jemand auf dem Phantombild erkennt? Und der Polizei einen Tipp gibt? Dann haben wir ein richtiges Problem.«

Markus schnaubte verächtlich. »Das Bild ist doch viel zu schlecht. Meine Eltern saßen direkt neben mir, als die Nachrichten liefen, und sie haben nicht den geringsten Verdacht geschöpft. So wie auf diesem Bild sieht doch jeder Zweite hier aus.«

Ich schüttelte den Kopf. »Das ist mir zu riskant. Ich gehe morgen zur Polizei. Dann hat dieser Spuk endlich ein Ende.«

»Nein, dann geht der Spuk erst richtig los.« Markus sah mich eindringlich an. »Mach jetzt bitte keinen Fehler, Jenny. Nur wenn wir zusammenhalten, sind wir stark.«

Ich sprang auf. Plötzlich konnte ich seine Nähe nicht mehr ertragen. Genauso wenig wie seine fadenscheinigen Ausflüchte.

»Ich glaube, du bist derjenige, der hier gerade einen Fehler macht.« Meine Stimme klang schrill. »Was ist eigentlich los mit dir? Wo ist dein Problem? Man könnte fast meinen, du hättest doch etwas zu verbergen.«

»Und wenn es so wäre?« Markus' Blick war immer noch auf mich gerichtet. Seine Augen schienen mich anzuflehen. Um was? Verständnis? Liebe? Oder einfach nur darum, dass ich den Mund hielt?

Ich starrte zurück. »Was soll das heißen? Hast ... hast du etwa die Flasche geworfen?«

Er schüttelte heftig den Kopf. »Nein. Natürlich nicht.«

Plötzlich fiel mir etwas ein. »Was hast du eigentlich vorhin im *Backstage* gemacht?«

Markus' Blick wurde wachsam. »Wieso?«

»Ich hab dich gesehen. Als du gerade mit Tom rausgekommen bist.«

»Spionierst du mir jetzt etwa nach?«, fragte Markus scharf.

Ich schnaufte empört. »Quatsch. Ich bin zufällig vorbeigekommen.«

Markus zuckte mit den Schultern. »Tom und ich haben nur ein bisschen Billard gespielt. Nichts weiter.«

Ich hätte ihm so gerne geglaubt. Aber ich wusste genau, dass er mir nicht die ganze Wahrheit sagte.

Na und? Du verschweigst ihm doch auch etwas.

Ich schaltete den Fernseher aus und verschränkte die Arme vor der Brust. »Ich glaube, du gehst jetzt besser.«

Markus nickte und erhob sich langsam. Er schlurfte in den Flur. Wir verabschiedeten uns ohne den üblichen Kuss voneinander. Als er gegangen war, knallte ich die Tür hinter ihm ins Schloss.

Dienstag

1

Die Wiese ist nicht groß. Der Mond taucht sie in silbriges Licht. Eine leichte Brise liebkost die langen Gräser. Sie schwanken hin und her und rascheln leise. Sonst ist es ganz still.

Ich stehe im Wald, in der Dunkelheit. Als ich gerade hinaus ins Mondlicht treten will, sehe ich etwas. Eine Bewegung zwischen den Gräsern. Dort ist jemand. Ich höre ein Lachen. Ganz leise nur. Ich sehe einen Arm. Er reckt sich in die Höhe wie eine helle Schlange. Dann erhebt sich etwas aus der Gräserflut. Ein Kopf, silbern glänzendes Haar, schneeweiße Brüste. Eine Nixe im Gräsermeer.

Ich kann den Blick nicht abwenden. Mir wird kalt. Ich gefriere zu Eis. Ich will schreien, wegrennen, aber es geht nicht. Bei der kleinsten Bewegung werde ich in tausend winzige Eiskristalle zersplittern, das weiß ich genau.

Da legt sich eine warme Hand auf meine Schulter. Langsam, ganz langsam drehe ich mich um.

2

Morgens prangte das Phantombild auf der Titelseite der Zeitung. Ich versuchte, es nicht zu auffällig anzustarren, als meine Mutter die Zeitung durchblätterte. Sie warf nur einen flüchtigen Blick darauf, dann nahm sie den Lokalteil und vertiefte sich in einen Bericht über die geplante Umgehungsstraße.

Ich rührte stumm in meinem Müsli. Mir war flau im Magen und ich war müde. Ich hatte nicht gut geschlafen. Wieder einmal hatten mich seltsame Träume gequält. Ich hatte noch nie so lebhaft geträumt wie in der letzten Zeit. Manchmal wirkten die Träume so real, dass ich nach dem Aufwachen völlig durcheinander war und mich erst einmal orientieren musste. War ich wirklich auf dieser Wiese gewesen? Und wenn ja, was hatte ich dort gesehen?

Meine Mutter blickte auf. »Keinen Hunger heute?«

Ich schob mir schnell einen Löffel Müsli in den Mund. Ich hatte keine Lust auf Mamas üblichen Vortrag darüber, dass ein heranwachsender Mensch morgens ein anständiges Frühstück braucht.

Sie stutzte. »Du hast die Haare anders. Steht dir gut.«

Ich beugte mich tief über die Müslischale, damit Mama nicht merkte, wie mir die Röte ins Gesicht stieg. Statt die Haare wie sonst immer offen zu tragen, hatte ich mir vorhin im Bad einen Pferdeschwanz gemacht. Meinen Lieblingsrock hatte ich ganz hinten in den Schrank gestopft und stattdessen eine lange Jeans angezogen, in der ich wahrscheinlich fürchterlich schwitzen würde. Dazu trug ich ein schlichtes schwarzes T-Shirt. Ich hatte das Bedürfnis, in der Masse unterzugehen. Auszusehen wie alle anderen. Mich unsichtbar zu machen.

Mama legte den Lokalteil zur Seite. Das Phantombild lag zwischen uns auf dem Tisch. Es schien zu leuchten und zu pulsieren.

Schau mich an!, rief es meiner Mutter zu. Erkennst du mich nicht? Erkennst du deine eigene Tochter nicht?

Ich hätte mir am liebsten die Ohren zugehalten.

Mama zog die Zeitung zu sich heran und betrachtete das Bild genauer. Ich beobachtete sie verstohlen, während ich so tat, als wäre ich voll und ganz mit meinem Müsli beschäftigt. Doch je länger ich kaute, desto größer wurde der Klumpen in meinem Mund. Die Haferflocken schienen immer mehr aufzuquellen. Ich schaffte es einfach nicht, sie hinunterzuschlucken.

»Jetzt werden sie die Täter bald haben«, bemerkte meine Mutter.

»Hm?« Ich sah auf und zog die Augenbrauen in die Höhe, als hätte ich keine Ahnung, wovon sie sprach. Ich kaute immer noch wie eine Verrückte.

»Diese Spinner, die die Flasche von der Brücke geworfen haben.« Meine Mutter zeigte auf das Phantombild. »Irgendwer wird sie erkennen und dann sind sie dran.«

Sie schaute mich an – musterte mich aufmerksam? – und ich wünschte, ich hätte mein Gesicht hinter den langen Haaren verstecken können. Der Pferdeschwanz war ungewohnt, ich fühlte mich irgendwie nackt. Ich nahm meinen Becher und spülte die Haferflocken mit einem großen Schluck Tee hinunter. Es brannte in meiner Kehle. Ich ließ den Löffel in meine noch halb volle Müslischale fallen und stand hastig auf.

»Ich muss los.«

»Jetzt schon?« Meine Mutter runzelte die Stirn. »Und was ist mit deinem Frühstück?«

»Ich bin fertig.«

»Dann nimm wenigstens einen Apfel mit.« Mamas Stimme klang energisch. Wenigstens war sie jetzt von der Zeitung abgelenkt.

Ich fischte einen Apfel aus der Obstschale, winkte meiner Mutter zu und verließ fluchtartig das Haus.

3

Ich war viel zu früh an der Schule. Abgesehen von ein paar Spatzen, die fröhlich tschilpend neben den Mülleimern nach Brotkrümeln suchten, war der

Schulhof leer. Während ich auf der Bank bei den Fahrradständern auf Pia wartete, beobachtete ich die anderen Schüler, die nach und nach eintrudelten. Sah mich irgendjemand merkwürdig an? Wurde ich verstohlen gemustert? Abgescannt? Angestarrt?

Ich war mir nicht sicher. Eine Gruppe jüngerer Schüler kam kichernd an mir vorbei. Lachten sie über mich? Über meinen lächerlichen Versuch, anders als auf dem Phantombild auszusehen? Plötzlich fühlte ich mich wie verkleidet. Ich zog das Gummi aus meinen Haaren und stopfte es in die Hosentasche.

Erst als Pia angeradelt kam und ich ihren versteinerten Gesichtsausdruck bemerkte, fiel mir wieder ein, dass wir uns gestern gestritten hatten. Mich fröstelte, als ich daran dachte, was wir uns gegenseitig an den Kopf geworfen hatten. Wie hatten uns nur dermaßen die Sicherungen durchbrennen können?

»Glückwunsch.« Pias musterte mich kühl. »Jetzt hast du es sogar in die Zeitung geschafft. Nicht schlecht.«

»Hast du das Phantombild gesehen?«, fragte ich.

»Klar«, antwortete Pia. »Ich schätze, jeder hat es gesehen. Sie haben es ja oft genug in den Nachrichten gezeigt.«

Ich ließ die Haare vor mein Gesicht fallen. »Ich hab das Gefühl, dass alle mich anstarren. Meinst du, mich erkennt jemand?«

Pia zuckte gleichgültig mit den Schultern. »Weiß

nicht. Ich hab dich jedenfalls sofort erkannt.« Sie schien noch ziemlich sauer zu sein.

»Hör mal, wegen gestern ...«, begann ich. Da entdeckte ich Jakob zwischen den anderen Schülern. Mein Herzschlag beschleunigte sich augenblicklich. Er kam auf uns zu und ich musste all meine Willenskraft aufwenden, um ruhig sitzen zu bleiben. Am liebsten wäre ich aufgesprungen und – ja, was eigentlich? Geflohen? Oder ihm entgegengelaufen?

Vor der Bank blieb er stehen. »Guten Morgen.«

Ich räusperte mich. »Hi.«

Seine dunklen Augen waren auf mich gerichtet. »Alles in Ordnung, Jenny?« Offenbar hatte er das Phantombild auch gesehen. Und mich natürlich darauf erkannt. Klasse!

»Klar.« Ich versuchte, unbekümmert zu klingen. Als wenn ich damit irgendwen täuschen könnte ...

Pia warf Jakob und mir einen abschätzigen Blick zu. »Soll ich euch zwei lieber allein lassen?«

Bevor ich reagieren konnte, tauchten Marie und Lara neben Jakob auf. Die Pumuckl-Fraktion. Marie ließ ihren Rucksack fallen und schwenkte das Titelblatt der Zeitung. »Habt ihr schon gesehen?« Ihre Augen glitzerten aufgeregt. »Bald werden wir wissen, wer der Autobahnmörder ist.«

Ich zuckte zusammen.

»Unsinn«, sagte Jakob. »Die beiden Personen werden als Zeugen gesucht, nicht als Täter.«

»Das glaubst du doch selbst nicht!« Lara grinste

höhnisch. Ihre roten Haare wuchsen am Ansatz schon wieder dunkel nach, was die Sache aber auch nicht wirklich besser machte.

»Warten wir's doch einfach ab.« Maries Stimme klang sanft. Offenbar wollte sie sich nicht mit Jakob anlegen. »Die Polizei wird die beiden bestimmt bald schnappen. Und dann werden wir ja sehen ...«

Ich saß wie auf heißen Kohlen. Am liebsten wäre ich weggerannt, aber das wäre zu auffällig gewesen. Stattdessen senkte ich den Kopf und ließ die Haare noch weiter vor mein Gesicht fallen.

»Vielleicht gehen die beiden Gesuchten ja auf unsere Schule«, überlegte Lara. »Vielleicht kennen wir sie sogar. Das Mädchen kommt mir irgendwie bekannt vor. Euch nicht?«

Ich hielt die Luft an. Gleich war es so weit. Gleich würde jemand mit dem Finger auf mich zeigen und meinen Namen nennen. Wie hatte ich auch nur eine Sekunde lang glauben können, dass ich unerkannt bleiben würde? Warum hatte ich mich bloß von Markus einwickeln lassen? Warum war ich nicht längst zur Polizei gegangen?

»Wie wär's mit Jenny?«, fragte Marie. »Von den Haaren her würde es hinkommen.«

Mein Mund war trocken und meine Zunge klebte am Gaumen. Ich versuchte zu schlucken, aber es ging nicht.

Lara runzelte die Stirn. »Hast du nicht auch einen ähnlichen Rock?«

Meine Fingernägel bohrten sich schmerzhaft in die Handflächen. Ich wusste genau, dass ich etwas sagen musste, um mich zu entlasten. Doch ich bekam keinen Ton heraus.

»Stimmt.« Pia nickte langsam. »Jetzt wo du es sagst, sehe ich die Ähnlichkeit auch. Hattest du deinen schwarzen Lieblingsrock nicht sogar am Samstag an, Jenny?«

Mein Kopf fuhr hoch und ich sah direkt in Pias kalte Augen. Ein leichtes Lächeln lag auf ihrem Gesicht. Sie genoss es, mich in der Hand zu haben. Ich war ihr auf Gedeih und Verderb ausgeliefert und das machte ihr offensichtlich riesigen Spaß.

Am liebsten wäre ich Pia an die Gurgel gesprungen. Ich konnte einfach nicht glauben, dass sie das tat. Wollte sie mich tatsächlich hier und jetzt hochgehen lassen?

Da ertönte Pias perlendes Lachen. »War nur ein Witz. Das da auf dem Bild könnte jeder sein.«

Lara begann ebenfalls zu lachen. Marie sah erst etwas beleidigt aus, doch als auch Jakob sein Gesicht zu einem Grinsen verzog, schmolz sie dahin wie Eiscreme in der Sonne. »Jetzt hast du einen ganz schönen Schreck bekommen, was?«, fragte sie mich.

»Na ja, geht so.« Ich zog die Mundwinkel nach oben und hoffte, dass es halbwegs wie ein Lächeln aussah.

Es klingelte zur ersten Stunde. »Bis später, Leute!« Marie griff nach ihrer Tasche und eilte zum Haupteingang. Lara folgte ihr. Die beiden kamen nicht gerne zu spät. Jakob machte sich ebenfalls auf den Weg. Beim Weggehen legte er mir die Hand auf die Schulter. Die kurze Berührung jagte einen Hitzeschauer durch meinen Körper.

Ich erhob mich langsam. Meine Knie waren so weich wie gekochte Nudeln.

»Was sollte das gerade?«, fuhr ich Pia an.

Pia zuckte mit den Schultern. »Nichts. War nur ein Witz, hab ich doch gesagt.«

»Ich fand das aber nicht besonders witzig.« Meine Hände ballten sich zu Fäusten. Ich hätte Pia am liebsten in ihr unschuldiges Engelsgesicht geschlagen.

»Nicht mein Problem, wenn du keinen Spaß mehr verstehst.« Pia warf ihren Rucksack über die Schulter und ließ mich einfach stehen.

Ich sah ihr nach, während sie über den Schulhof spazierte, als wäre nichts geschehen.

Meine Freundin war mir fremd geworden. Oder hatte ich sie nie wirklich gekannt?

4

Auch in der Pause war das Phantombild Gesprächsthema Nummer eins. Alle spekulierten, wer die beiden gesuchten Personen sein könnten. Es wurden verschiedene Namen genannt, aber meiner war nicht mehr dabei. Allmählich fiel die Anspannung von mir ab. Vielleicht war das Bild ja wirklich zu ungenau. Was für ein Glück, dass die Zeugen offenbar unsere Gesichter nicht hatten beschreiben können. Sonst hätten wir keine Chance gehabt.

Als wir zur dritten Stunde in die Klasse zurückkehrten, fühlte ich mich wieder etwas besser. Wenn uns bis jetzt niemand erkannt hatte, war die Wahrscheinlichkeit ziemlich gering, dass es noch passieren würde. Bestimmt ebbte die Aufregung um das Phantombild bald ab. Die Polizei würde andere Spuren verfolgen und ich konnte das Thema endlich abhaken.

Herr Fiedler kam herein und ich holte meine Mathesachen aus dem Rucksack. Doch als ich sah, wer hinter ihm den Raum betrat, erstarrte ich mitten in der Bewegung. Auch die anderen wurden schlagartig ruhig.

Herr Fiedler räusperte sich. »Wie ihr seht, haben wir heute einen Gast. Herr Lukowski ist Kriminalkommissar und für die Aufklärung des schrecklichen Unfalls am letzten Wochenende zuständig. Er möchte euch ein paar Fragen stellen.«

Der Kommissar hatte sich neben Herrn Fiedler aufgebaut. Seine Arme waren hinter dem Rücken verschränkt und er ließ den Blick über die Klasse wandern. Seine stechenden Augen jagten mir eine Gänsehaut über den Rücken. Als er zu sprechen begann, zog ich das Gummi aus der Hosentasche und band meine Haare so unauffällig wie möglich wieder zu einem Pferdeschwanz zusammen.

»Guten Morgen«, begrüßte er uns. Seine Stimme klang unerwartet freundlich. »Wie ihr ja sicherlich alle wisst, ist in der Nacht von Samstag auf Sonntag ein schwerer Unfall auf der Autobahn passiert. Ausgelöst wurde er von einer Flasche, die jemand von der Autobahnbrücke geworfen hat. In diesem Zusammenhang suchen wir Zeugen, die Hinweise auf den Tathergang geben können. Ganz besonders suchen wir zwei Personen, die sich am Samstagabend längere Zeit auf der Brücke aufgehalten haben sollen.« Es war jetzt so still, dass man die Spatzen draußen auf dem Schulhof tschilpen hören konnte. Alle starrten den Kommissar an. »Kennt jemand von euch diese beiden Personen?«

Er hielt eine Vergrößerung des Phantombildes in die Höhe. Ich rutschte auf meinem Stuhl weiter nach unten. Am liebsten hätte ich mich unter dem Tisch verkrochen. Der Kommissar würde mich erkennen. Seine stechenden Augen würden mich entlarven, da war ich mir plötzlich ganz sicher. Warum meldete ich mich nicht gleich freiwillig? Ich merkte, wie sich mein Arm ganz langsam hob. Der Blick des Kommissars wanderte immer noch durch die Klasse. Gleich würde er mich sehen. Mich aufrufen. Und ich würde ihm die Wahrheit sagen.

Da legte sich eine Hand auf meinen Arm. Ich

wollte sie abschütteln, aber Jakob hielt mich mit eisernem Griff fest. Ich warf ihm einen wütenden Blick zu und er schüttelte beinahe unmerklich den Kopf.

»Ja, bitte?« Der Kommissar nickte Marie zu, die sich zögernd gemeldet hatte.

»Werden unsere Hinweise vertraulich behandelt?«, fragte sie.

»Das kommt darauf an«, antwortete Herr Lukowski. »Soweit es möglich ist, ja. Es kann allerdings zu Situationen im Ermittlungsprozess kommen, in denen die Wahrheitsfindung wichtiger ist als Vertraulichkeit.«

»Aha.« Marie schien mit der Antwort nicht allzu viel anfangen zu können.

»Kennst du eine der Personen auf diesem Bild?«, fragte der Kommissar eindringlich.

Marie wurde rot. Sie wand sich unter dem aufmerksamen Blick des Kommissars. »Ich weiß nicht genau ... Vielleicht ... Aber ich möchte niemanden in Schwierigkeiten bringen ...«

Der Kommissar wandte sich jetzt wieder an die ganze Klasse. »Ihr dürft nicht aus falsch verstandener Loyalität schweigen. Wenn ihr der Polizei helft, hat das nichts mit Petzen oder Verrat zu tun. Im Gegenteil, ihr tragt dazu bei, ein Verbrechen aufzuklären.« Er drehte sich um und heftete das Phantombild an die Magnetwand neben der Tür. »Seht euch das Bild genau an. Denkt nach. Und wenn ihr glaubt, jemanden darauf erkannt zu haben, ruft mich an.« Er zog eine Visitenkarte aus seiner Hosentasche und hängte sie neben das Bild.

Dann schüttelte er Herrn Fiedler zum Abschied die Hand und verließ die Klasse.

5

»Puh, was für ein unangenehmer Kerl.« Lara verzog das Gesicht. »Kalt wie ein Fisch. Dem möchte ich nicht bei einem Verhör gegenübersitzen.«

Ich musste Lara insgeheim zustimmen. Auch ich war nicht scharf darauf, Kommissar Lukowski noch einmal über den Weg zu laufen. Trotzdem sagte mir mein Gefühl, dass dies nicht unsere letzte Begegnung gewesen war. Ich versuchte, die ungute Vorahnung abzuschütteln.

Nach der Mathestunde hatten sich sofort alle vor der Magnetwand versammelt. Lukas untersuchte gerade die Visitenkarte des Kommissars.

»Wow, es steht sogar seine Handynummer drauf. Die Sache muss ihm echt wichtig sein.«

»Gibt's eigentlich eine Belohnung für den entscheidenden Tipp?«, erkundigte sich Matthes, Lukas' Kumpel. »Dann würde ich mich sofort melden. Schwarzhaarige Mädchen gibt's schließlich wie

Sand am Meer.« Er grinste mir zu. »Jenny zum Beispiel!«

Ich verschränkte die Hände ineinander, damit die anderen das Zittern nicht bemerkten. »Sehr witzig, du Scherzkeks«, sagte ich so locker wie möglich.

Lukas lachte. Zum Glück ging er nicht weiter auf Matthes' Bemerkung ein, sondern wandte sich an Marie. »Hast du wirklich jemanden auf dem Bild erkannt?«

»Ach was, das war doch nur Show«, sagte Matthes abfällig.

Marie ignorierte ihn. »Die Tochter unserer Nachbarin sieht so ähnlich aus. Sie hat lange schwarze Haare und von der Größe her könnte es auch hinkommen. Außerdem war sie Samstag auf dem Festival.«

»Warum hast du dem Kommissar denn nichts gesagt?«, fragte Lara.

»Weil ich mir nicht hundertprozentig sicher bin.« Marie betrachtete nachdenklich die Phantomzeichnung. »Alina ist der totale Grufti. Sie trägt immer einen langen schwarzen Mantel.«

»Samstag war es sehr heiß«, erinnerte sie Lara. »Vielleicht hat sie den Mantel ausgezogen.«

Marie schüttelte den Kopf. »Alina zieht diesen Mantel nie aus, egal wie warm es ist. Ich hab sie später noch vor der Bühne gesehen, als *XXL* gespielt hat, da hatte sie den Mantel an.«

»Wann war das?«, erkundigte sich Lara. Es schien

ihr Spaß zu machen, ein bisschen Kommissar zu spielen.

Marie überlegte. »Das muss ziemlich am Schluss gewesen sein. Kurz bevor der Strom ausgefallen ist und die Band eine Pause einlegen musste.«

»Ich finde, du solltest Kommissar Lukowski davon erzählen«, sagte Lara.

Die anderen begannen darüber zu diskutieren, ob Marie den Kommissar anrufen sollte oder nicht, aber ich bekam nichts mehr davon mit. In meinem Kopf schrillten sämtliche Alarmglocken. Irgendetwas stimmte nicht. Was hatte Marie gerade gesagt? Ich versuchte, die Unterhaltung, der ich nur mit halbem Ohr gelauscht hatte, noch einmal Revue passieren zu lassen. Ein Satz blinkte auf wie ein Warnschild.

Kurz bevor der Strom ausgefallen ist und die Band eine Pause einlegen musste.

»Es gab einen Stromausfall beim *XXL*-Konzert?«, fragte ich.

Marie nickte. »Irgendein Problem mit dem Verteiler, glaub ich. Die Leute waren ziemlich sauer.«

»Sauer ist gar kein Ausdruck«, mischte sich Lukas ein. »Ich stand direkt vor der Bühne, als plötzlich die Lichter ausgingen. Genau auf dem Höhepunkt des Konzerts! Erst wussten die Leute gar nicht, was los ist, aber dann gab es richtig Ärger. Die Fans sind fast ausgerastet. Ein paar wollten sogar die Bühne stürmen. Wenn in dem Moment nicht die Polizei aufgetaucht wäre, hätte das böse ausgehen können.«

»Merkwürdig«, murmelte ich. »Davon hat Markus gar nichts erzählt. Hast du ihn zufällig während des Konzerts gesehen? Er stand auch ganz vorne vor der Bühne.«

»Markus ist der Typ aus der Zwölften, oder?«, fragte Lukas. »Dieser große Blonde mit den Koteletten?«

Ich nickte.

»Nein, den hab ich nicht gesehen. Allerdings war ich zu dem Zeitpunkt auch schon ziemlich voll.« Lukas grinste.

Es klingelte zur nächsten Stunde. Während Pia zurück zu unserem Tisch ging und ihre Englischsachen hervorholte, drehte ich mich schnell zu Jakob um. Die ganze Zeit hatte ich vermieden, ihn anzusehen, aber jetzt wanderte mein Blick wie von selbst in seine Richtung. Er hatte sich mit keinem Wort an den Gesprächen in der Pause beteiligt. Trotzdem war ich sicher, dass er zugehört hatte. Seine dunklen Augen waren auf mich gerichtet. Sein Gesicht war ernst und er sah aus, als würde er über irgendetwas nachgrübeln. Als sich unsere Blicke trafen, schaute er mich einen Moment an, ohne zu lächeln. Dann betrat Frau Möller, unsere Englischlehrerin, den Raum und Jakob wandte sich ab.

Ich wurde von einer kribbelnden Unruhe erfasst.

Irgendetwas war hier ganz und gar nicht in Ordnung. Die Frage war nur, ob ich wirklich wissen wollte, was.

6

Das ungute Gefühl ließ mich den ganzen Vormittag nicht los. Ich versuchte, nicht darüber nachzudenken, aber mein Kopf stellte die nötigen Zusammenhänge ganz von alleine her. Und was dabei herauskam, gefiel mir überhaupt nicht.

Nach der letzten Stunde verließ Pia eilig die Klasse, ohne sich von mir zu verabschieden. Ich rannte hinterher. Bei den Fahrradständern hatte ich sie eingeholt.

Ich packte ihren Arm und zwang sie, mir ins Gesicht zu sehen. »Warum habt ihr mich angelogen?«

Ihr Gesicht war völlig ausdruckslos. »Was meinst du?«

»Das weißt du ganz genau!« Ich war fest entschlossen, sie zum Reden zu bringen. Diesmal würde sie mit ihren Ausflüchten nicht durchkommen. »Markus und du, ihr erzählt mir irgendeinen Mist! Angeblich wart ihr beide beim Konzert, aber Markus hat mit keiner Silbe diesen Stromausfall erwähnt. Und du auch nicht.«

Pia schüttelte meine Hand ab. »Na und? Dann hab ich das wohl vergessen.«

»Und warum hat niemand Markus vor der Bühne gesehen?«, fragte ich weiter. »Da stimmt doch was nicht!«

Pia betrachtete mich kühl. »Was willst du jetzt von mir hören?«

»Die Wahrheit! Ihr habt irgendein Geheimnis vor mir. Und ich glaube, ich weiß auch, um was es dabei geht ...«

Pias selbstsichere Fassade begann zu bröckeln. Sie war blass geworden und sah mich unverwandt an, als könnte ich mich in Luft auflösen, wenn sie nur einmal blinzelte. »Und worum geht es deiner Meinung nach?«

Ich holte tief Luft. »Ich glaube, Markus hat etwas mit dem Unfall zu tun. Und du versuchst, ihn zu decken.«

»Wie bitte?« Pia starrte mich überrascht an. »Das ist nicht dein Ernst, oder?«

»Doch«, sagte ich fest. »Es passt alles zusammen. Warum sonst lügt ihr mich an? Und warum wollt ihr nicht zur Polizei gehen? Sogar gestern, als das Phantombild in den Nachrichten war, wollte Markus nicht als Zeuge aussagen. Wir haben uns richtig deswegen gestritten. Das kann doch nur bedeuten, dass er etwas mit der Sache zu tun hat.« Pia schüttelte den Kopf, aber ich konnte nicht mehr aufhören. »Vielleicht ist er nach unserem Streit auf der Brücke geblieben, hat den Wein ausgetrunken und aus lauter Frust die Flasche auf die Autobahn geworfen. Oder er ist später noch mal zurückgekommen. Es war bestimmt keine böse Absicht. Natürlich wollte er keinen Unfall verursachen, es ist einfach so passiert ...«

Ich konnte es genau vor mir sehen. Sämtliche

Puzzleteile fügten sich zusammen. Jetzt passte alles. Markus, total frustriert, weil ich ihn abgewiesen hatte. Enttäuscht, sauer, betrunken. Die Brücke leer, auf der Autobahn kaum Verkehr. Eine leere Flasche in seiner Hand. Wut ablassen, Druck abbauen. Weit ausholen, die Sehnen und Muskeln am Arm anspannen. Die Flasche fliegt durch die Luft, dreht sich um ihre eigene Achse, kommt ins Trudeln, verschmilzt mit der Dunkelheit. Dann ein lauter Knall, Bremsen quietschen, es scheppert, als Blech auf Blech trifft und das Auto wie in Zeitlupe über die Leitplanke fliegt ...

»Hör mal, Jenny, du bist völlig auf dem Holzweg.« Pias nüchterne Stimme holte mich in die Wirklichkeit zurück.

»Was?« Ich musste zweimal blinzeln, bevor das Bild des zerstörten Wagens in meinem Kopf verblasste.

Pia sah mich fest an. »Markus hat nichts mit dem Unfall zu tun. Er war zu der Zeit nicht mal auf der Brücke.«

»Und woher willst du das so genau wissen?«

Sie seufzte. »Weil ich ihn gesehen habe.«

»Du hast ihn gesehen?«, fragte ich misstrauisch. »Wo?«

»Auf dem Festivalgelände. Hinter der Bühne.«

»Hinter der Bühne?«, wiederholte ich. »Was hatte er denn da zu suchen?« Ich hatte keine Ahnung, worauf Pia hinauswollte.

»Er hat da was verkauft ...« Pia verstummte.

Ich hätte sie am liebsten geschüttelt. »Wovon redest du? Was hat Markus verkauft?«

»Kannst du dir das nicht denken?«, fragte sie etwas unwillig.

Doch, das konnte ich. Aber ich wollte es nicht glauben. Das durfte einfach nicht wahr sein. »Du musst dich getäuscht haben«, sagte ich. »Markus verkauft kein Gras mehr. Er hat damit Schluss gemacht.«

»Nein, hat er nicht.« Pias Stimme klang sanft. Sie sah mir fest in die Augen. »Während des Konzerts musste ich pinkeln. Weil ich keine Lust hatte, ewig vor den Klos anzustehen, bin ich hinter der Bühne in die Büsche gegangen. Als ich zurückkam, hab ich Markus gesehen. Er hat einem Typen ein Tütchen in die Hand gedrückt und dafür einen Schein kassiert. Es war eindeutig. Als er mich gesehen hat, ist er schnell abgehauen.«

»Er hatte mir versprochen, damit aufzuhören«, murmelte ich. »Er hatte es versprochen!«

»Er hat sein Versprechen nicht gehalten«, stellte Pia fest. »So einfach ist das.«

»Warum hast du mir nicht schon eher davon erzählt?«, fuhr ich sie an. »Du hättest es mir sagen müssen!«

»Ich wollte nicht, dass es dir schlecht geht.« Pia schüttelte den Kopf, als könnte sie das selbst nicht mehr glauben. »Stell dir das mal vor!«

»Und deshalb lügst du mich an?« Die Vorstellung,

dass Pia die Wahrheit die ganze Zeit vor mir verheimlicht hatte, machte mich komplett fertig.

Pia zuckte mit den Schultern. »Jetzt weißt du es ja. Und sieh mich nicht so vorwurfsvoll an. Du bist schließlich auch kein Unschuldslamm. Oder bist du etwa immer ehrlich zu mir gewesen?«

Ich schüttelte langsam den Kopf. »Hör mal, das mit Jakob tut mir leid. Das war so nicht geplant.«

»Manchmal laufen die Dinge eben nicht wie geplant.« Pia sah plötzlich traurig aus. »Ich schätze, jetzt sind wir quitt.« Sie kramte ihren Fahrradschlüssel hervor, schloss ihr Rad auf und fuhr davon.

Ich blieb verwirrt neben den Fahrradständern stehen. Der Schulhof hatte sich inzwischen geleert. Ich verstand nicht so richtig, was Pia mit ihrer letzten Bemerkung gemeint hatte. Aber ich wusste, dass es zwischen uns nie mehr so sein würde wie früher.

7

»Jenny! Was machst du denn hier?« Markus saß am Computer, als ich in sein Zimmer kam. Vor ihm auf der Fensterbank welkte eine verstaubte Topfpflanze vor sich hin. Das Rollo war ein Stück heruntergezogen, sodass das Zimmer im Halbdunkeln lag. Es war warm und stickig. Markus lächelte, doch das Lächeln erstarb, als er meinen versteinerten Gesichtsausdruck bemerkte.

»Ich muss mit dir reden.«

»Setz dich doch.« Markus deutete auf sein Bett, auf dem noch das zerwühlte Bettzeug lag, aber ich blieb mitten im Zimmer stehen. Er runzelte die Stirn. »Was ist los?«

Ich war direkt von der Schule aus zu ihm gefahren. Ich hatte mir keine Strategie zurechtgelegt. Keinen Plan. Auf die Fassungslosigkeit war die Wut gefolgt und hatte mein Gehirn mit rötlichem Nebel verschleiert. Ich konnte nicht klar denken, darum platzte ich einfach mit der Frage heraus, die mir als Erstes in den Sinn kam.

»Stimmt es, dass du wieder Gras verkaufst?«

Markus zuckte unmerklich zusammen. Er versuchte, locker zu wirken, aber ich hatte es trotzdem gesehen. »Wer sagt das?«

»Das ist doch völlig egal!« Fast hätte ich mit dem Fuß aufgestampft. »Du hast am Samstag auf dem Festival Gras verkauft. Und gestern im *Backstage* auch. Stimmt das oder stimmt es nicht?«

Markus fuhr sich mit der Hand durch die Haare. Er zögerte, dann nickte er. »Ja. Das stimmt.«

Seine Antwort brachte mich aus dem Konzept. Ich hatte mit Widerspruch gerechnet, mit ungläubig aufgerissenen Augen, Lachen, Beteuerungen, Erklärungen – vielleicht sogar damit, dass alles tatsächlich nur ein Missverständnis war. Aber nicht mit einem

Geständnis. Ich ließ mich auf die Bettkante fallen. Plötzlich hatte ich keine Kraft mehr. Die Wut, die mich angetrieben hatte, verpuffte. »Dann ist es also tatsächlich wahr?«, fragte ich leise.

»Ja«, antwortete Markus genauso leise.

Ich musste daran denken, wie oft wir auf diesem Bett gelegen hatten. Hier hatten wir uns geküsst, uns berührt, Pläne geschmiedet und geträumt. Ich wusste, wie sein Bettzeug roch, und ich kannte die Tour-Poster seiner Lieblingsbands an den Wänden in- und auswendig. Und jetzt saß ich hier und fragte mich, was ich ihm überhaupt noch glauben konnte.

»Aber warum?« Ich sah ihn an. »Du hattest mir versprochen, damit aufzuhören.«

In Markus' Augen lag ein gequälter Ausdruck. »Ich weiß. Entschuldige bitte, Jenny.«

»Du hast mich angelogen!«

»Nein!« Markus schüttelte den Kopf. »Ich hab wirklich mit Tom geredet. Und ihm gesagt, dass ich aussteige.«

»Aber?«

Markus seufzte. »Du kennst doch Tom. Er hat mir einfach nicht zugehört. Stattdessen hat er angefangen, wilde Pläne zu schmieden. Er war total euphorisch, weil die Pflanzen bei der Hitze so toll gewachsen sind. Im Winter wollte er sie in die Laube bringen und mit künstlichem Licht und Wärmelampen bestrahlen. Er hat mir vorgerechnet, was wir verdienen könnten, wenn wir die Sache richtig groß aufziehen.«

Ich starrte Markus an. Ich konnte einfach nicht glauben, dass er sich auf so etwas eingelassen hatte. »Und du hast dich von ihm einwickeln lassen?«

»Ich weiß, es klingt bescheuert.« Markus sah auf den abgeschabten braunen Teppichboden. »Aber ich wollte Tom nicht hängen lassen. Er war so begeistert. Außerdem dachte ich, es ist kein großer Unterschied, ob ich sofort aussteige oder noch etwas weitermache.«

Die stickige Luft im Zimmer nahm mir den Atem. Meine Hand fühlte sich klebrig an, als ich mir ein paar Schweißperlen von der Stirn wischte.

»Du hattest nie wirklich vor, einen Schlussstrich unter die Sache zu ziehen, oder?«, fragte ich bitter.

»Doch!« Markus fuhr sich über das Gesicht. »Aber das ist nicht so einfach …«

»Weil du feige bist.« Die Wut kam mit einem Schlag zurück und ich hätte am liebsten auf Markus eingeschlagen. »Hast du überhaupt mal eine einzige Sekunde an mich gedacht? Ist dir völlig egal, was aus uns wird?«

»Natürlich nicht«, beteuerte Markus. »Ich liebe dich! Ich weiß, dass ich mich total bescheuert verhalten habe. Aber damit ist jetzt Schluss. Ich rede noch heute mit Tom, versprochen.«

»Von mir aus kannst du ruhig weitermachen.« Ich stand auf. »Mir doch egal, wenn die Bullen dich einbuchten. Ich hab die Schnauze voll.«

Markus' Kopf fuhr hoch. »Was soll das heißen? Ich

weiß, dass ich Mist gebaut habe. Ich bieg das wieder gerade, ganz ehrlich. Du musst mir noch eine Chance geben. Bitte!«

Er stand auf und kam zu mir. Er hob die Hand, als wollte er mir über die Wange streichen. Doch als er meinen Blick sah, ließ er es bleiben.

»Besser, du rufst mich in nächster Zeit nicht an«, sagte ich. Dann drehte ich mich um und ging.

8

Als ich um kurz nach fünf zum alten Bootshaus kam, war Jakob schon da. Er lehnte an der Holzwand, von der schon vor vielen Jahren die Farbe abgeblättert war, und wartete auf mich. Früher hatte der Ruderverein den Schuppen für Partys und Vereinsfeiern benutzt, aber seit das neue Clubhaus weiter oben am Fluss fertig war, stand er leer und verfiel langsam.

»Schön hier«, sagte Jakob zur Begrüßung. Er stieß sich von der Wand ab und kam auf mich zu.

Ich nickte. »Einer meiner Lieblingsplätze.«

Fast hätte ich das Date mit Jakob einfach sausen lassen. Nach diesem albtraumhaften Vormittag war ich total fertig gewesen. Die ständige Angst, auf dem Phantombild erkannt zu werden, Pias Sticheleien und dann auch noch der Streit mit Markus. Zu Hause hatte ich mich in mein Bett verkrochen und erst mal eine Stunde geschlafen. Dann hatte ich mich ewig lange unter die lauwarme Dusche gestellt und den klebrigen Schweiß von meiner Haut gespült. Danach fühlte ich mich besser. Und ich hatte beschlossen, doch zum Bootshaus zu gehen.

Jakob und ich liefen am Fluss entlang. Die Sonne schien zwischen den Bäumen hindurch und malte helle Muster auf den Weg. Das Wasser strömte träge durchs Flussbett, als wäre es müde von der Hitze. Im Schatten der Bäume war es jedoch angenehm kühl. Jakob hatte die Hände in den Hosentaschen vergraben und ging schweigend neben mir her. Es war kein unangenehmes Schweigen, trotzdem war ich nervös. Ich wusste nicht, wie ich anfangen sollte. Dabei war es eigentlich eine ganz einfache Frage.

Haben wir am Samstag in deinem Auto miteinander geschlafen?

Ganz einfach, wirklich. Doch die Worte kamen nicht über meine Lippen.

»Warum seid ihr umgezogen?«, fragte ich stattdessen. »Stimmt es, dass du in deiner alten Stadt Ärger hattest?«

Jakob sah mich an. Seine Augen schienen noch eine Spur dunkler zu werden. »Wie kommst du darauf?«

»Pia hat so was gesagt.«

Jakob nickte langsam. »Ihr entgeht wirklich nichts.«

»Hat sie denn recht?«

»Ich möchte nicht darüber reden«, sagte Jakob schroff.

Ich zuckte zusammen. In seinen Augen war kurz etwas aufgeblitzt, das mir Angst machte. Dabei hatte ich gerade angefangen, mich in seiner Gegenwart sicher zu fühlen.

»Tut mir leid«, sagte er etwas sanfter. »Aber meine Vergangenheit ist ganz allein meine Sache. Als wir hierhergezogen sind, habe ich mir geschworen, nur noch nach vorne zu blicken.«

Ich schluckte. »Ist schon in Ordnung. Meine dunklen Geheimnisse erzähle ich schließlich auch nicht gleich jedem.«

»Welche dunklen Geheimnisse meinst du?« Jakobs Blick bohrte sich in meinen. Er schien plötzlich auf der Hut zu sein.

Ich zuckte mit den Schultern und grinste schief. »Die traurige Wahrheit ist, dass ich kein einziges dunkles Geheimnis habe«, gab ich zu. »Das Schlimmste, was ich jemals gemacht habe, war, eine Packung Kaugummis im Supermarkt zu klauen. Damals war ich elf. Und ich hatte noch Wochen später ein schlechtes Gewissen.«

»Jeder Mensch hat dunkle Geheimnisse«, sagte Jakob. Etwas leiser setzte er hinzu: »Manche wissen nur nichts davon.«

Warum musste er eigentlich immer in Rätseln

sprechen? Es war fast unmöglich, etwas Konkretes aus ihm herauszubekommen. Dabei hätte ich so gerne etwas mehr über Jakob und seine Geheimnisse gewusst.

Er zog die Hände aus den Hosentaschen. Unsere Handrücken berührten sich. Als sich seine Finger um meine schlossen, setzte mein Herzschlag einen Moment aus. Die Luft schien zu vibrieren, als wäre auch die Zeit stehen geblieben. Auf einmal war alles ganz klar und selbstverständlich. Als hätte ich Jakob schon immer gekannt. Als würden wir schon immer diesen Weg entlanglaufen. Als wären wir die einzigen Menschen auf der Welt.

Endlich lösten sich die Worte aus meinem Mund. »Was ist Samstagnacht passiert? Haben wir ... du weißt schon ... miteinander geschlafen?« Ich starrte auf den Weg. Die Sonnenflecken tanzten vor meinen Augen.

Jakob antwortete nicht sofort. Eine kleine Ewigkeit verging.

»Nein.« Er drückte meine Hand. »Keine Sorge, es ist nichts passiert.« Schwang so etwas wie Bedauern in seiner Stimme mit? Oder bildete ich mir das nur ein? Und konnte ich ihm glauben?

»Oh. Gut.« Eigentlich hätte ich wahnsinnig erleichtert sein müssen. Aber ich fühlte mich nur taub. Als wären meine Nervenenden plötzlich abgestorben. Das Einzige, was ich ganz deutlich spürte, war Jakobs Hand um meine. Die Wärme seiner Finger. Sein fester Griff, der mich hielt. »Heißt das, es ist gar nichts gewesen?«

»Nun ja, nicht ganz.« Ich hörte das Lächeln in seinen Worten. »Wir haben uns geküsst.«

»Ehrlich?« Ich hob den Kopf und sah Jakob an. Sein Gesichtsausdruck war mal wieder unergründlich. Ich versuchte mir vorzustellen, wie sich unsere Lippen berührten. Es gelang mir nicht. »Ich kann mich nicht erinnern. Nicht mal ansatzweise. Es ist alles weg.«

»Wirklich schade. Da hast du was verpasst.« Jakob blieb stehen. »Soll ich deinem Gedächtnis auf die Sprünge helfen?«

Wir standen so dicht voreinander, dass ich seinen Atem auf meinem Gesicht spüren konnte. Ich ertrank in seinen dunklen Augen. Als wir uns küssten, versank alles um uns herum. Die Bäume, der Fluss, die Sonnenflecken auf dem Boden, meine letzten Zweifel an Jakobs Glaubwürdigkeit. Es gab nur noch ihn und mich. Alles andere war unwichtig.

Viel zu schnell löste er seine Lippen von meinen.

»So war das?«, flüsterte ich.

Er nickte. »Genau so.«

Irgendwann gingen wir weiter. Wie von selbst verflochten sich unsere Finger wieder ineinander. Es waren nur wenige Minuten verstrichen und doch war alles anders. Die Sonne schien plötzlich heller und die Luft war klarer. Als hätten sich meine Sinne geschärft. Ich nahm das Gezwitscher der Vögel wahr und roch das brackige Flusswasser.

Ich hätte ewig so weiterlaufen können, schweigend, meine Hand in Jakobs. Aber es gab noch ein paar offene Fragen. Ich holte tief Luft. Jetzt wollte ich alles wissen.

»Was haben wir im Wald gemacht?«

»Du wolltest unbedingt zum See. Ich hab versucht, dich aufzuhalten, aber du bist immer weitergerannt.« Jakob grinste. »Dafür dass du total betrunken warst, warst du ganz schön schnell.«

»Und dann? Was ist auf der Wiese passiert?«

»Du erinnerst dich daran?« Ein Schatten fiel auf Jakobs Gesicht.

»Nicht so richtig. Ich weiß, dass da eine Wiese war. Aber ich weiß nicht mehr, was dort geschehen ist.«

»Nichts«, sagte Jakob. »Auf der Wiese ist gar nichts geschehen.«

»Wirklich nicht?« Ich war mir sicher, dass Jakob mir etwas verschwieg.

Er seufzte. »Okay, wenn du es unbedingt wissen willst: Dir wurde plötzlich schwindelig und du musstest dich übergeben. Du hast deinen Rock vollgekotzt. Und meine Schuhe.«

»Ehrlich?« Ich stöhnte. »O Gott, sag bitte, dass das nicht wahr ist.«

Jakob grinste. »Du wolltest es unbedingt wissen, also hör auf zu jammern.«

»Und dann?«, fragte ich kleinlaut. Dabei wollte ich eigentlich gar nichts mehr hören.

»Ich hab dich zu meinem Auto gebracht. Wir haben uns geküsst. Irgendwann bist du eingeschlafen.«

»Warum hast du mich allein gelassen? Als ich aufgewacht bin, wusste ich nicht, wo ich war. Ich hab totale Panik gekriegt.«

»Das wollte ich nicht.« Jakob drückte wieder meine Hand. »Ich hab nach deiner Jacke gesucht. Du hattest sie im Wald verloren.«

»Ach so.«

Es war alles ganz einfach. Und ich hatte mir so viele Gedanken gemacht. Ich hatte mich zwischendurch sogar gefragt, ob ich vielleicht irgendetwas mit dem Unfall zu tun hatte. Dieses merkwürdige Schuldgefühl hatte mir einfach keine Ruhe gelassen. Dabei war ich die ganze Zeit mit Jakob zusammengewesen. Mir fiel eine tonnenschwere Last vom Herzen. »Willst du sonst noch etwas wissen?«, fragte Jakob. »Oder ist jetzt alles klar?«

Ich lächelte. »Alles klar.«

Den restlichen Weg legten wir schweigend zurück. Viel zu schnell erreichten wir die Straße, die zu unserem Wohngebiet führte. Als wir aus dem Schatten der Bäume traten, ließ ich Jakobs Hand los. Ich war plötzlich verlegen. Im grellen Sonnenlicht schien falsch zu sein, was sich gerade noch ganz selbstverständlich angefühlt hatte.

»Ich muss da lang.« Ich deutete mit dem Daumen über meine Schulter.

»Ich weiß.« Jakob wurde von der Sonne geblendet und kniff die Augen zusammen.

»Hör mal ...«, begann ich, doch dann wusste ich nicht weiter. Was sollte ich sagen?

Es war wunderbar, dich zu küssen, aber ich bin schon mit jemandem zusammen?

Lass uns einfach Freunde bleiben?

Ich glaube, ich hab mich in dich verliebt, aber ich muss erst die Sache mit Markus richtig beenden?

Das klang alles so abgedroschen.

»Schon gut«, sagte Jakob. »Du bist mit Markus zusammen. Ich weiß.«

»Das mit Markus ist gerade ziemlich kompliziert«, begann ich. »Ich weiß nicht mal, ob wir überhaupt noch zusammen sind. Außerdem ...« Ich wollte es ihm erklären, doch dazu hätte ich selbst erst mal verstehen müssen, was mit mir los war. »Außerdem mache ich so was normalerweise nicht«, murmelte ich.

»Was machst du normalerweise nicht?«, fragte Jakob.

»Mich mit einem Jungen betrinken, den ich kaum kenne, und zu ihm ins Auto steigen. Zweigleisig fahren.« Ich holte tief Luft. »Ich kann so was nicht besonders gut.«

Jakob schien zu überlegen. »Manchmal gerät man in Situationen, mit denen man nicht klarkommt.

Und dann tut man plötzlich Dinge, die man nie für möglich gehalten hätte.«

Er lächelte etwas wehmütig und ich fragte mich, ob er gerade von mir redete oder von sich selbst. »Du kannst nicht ungeschehen machen, was passiert ist. Du kannst nur versuchen, damit zu leben.« Er fuhr mit dem Finger sanft über meine Wange. »Mach's gut, Jenny.«

Als er fortging, hatte ich plötzlich einen dicken Kloß im Hals. Es fühlte sich an wie ein Abschied für immer.

Donnerstag

»Ich kenne dich.« Das Mädchen legte die Stirn in Falten und betrachtete mich nachdenklich.

»Ich dich auch.« Ich schloss leise die Tür hinter mir. »Du bist Lena.«

»Bist du von der Zeitung?«, fragte Lena. »Dann darf ich nämlich nicht mit dir sprechen.«

Ich schüttelte den Kopf. »Ich bin Jenny. Meine Mutter ist hier Stationsschwester.«

»Ach so.« Lena sah fast etwas enttäuscht aus. »Jetzt weiß ich auch wieder, woher ich dich kenne. Du warst schon mal hier. Du hast dort draußen auf dem Flur gestanden.«

»Stimmt. Ich hab auf meine Mutter gewartet.«

»Was ist da drin?« Lena zeigte auf die große Plastiktüte, die ich in der Hand hielt.

»Das ist für dich.« Ich setzte mich auf den Stuhl neben Lenas Bett und zog einen Schuhkarton aus der Tüte. »Ich hab gehört, dass du dich manchmal langweilst.«

Lena zog eine Grimasse. »Nicht manchmal, immer! Es ist stinklangweilig hier. Ich darf nicht aufstehen, nicht lesen und nicht fernsehen. Und mit den anderen Kindern spielen darf ich auch nicht. Total öde!«

Manchmal liest mir eine der Schwestern was vor, aber meistens haben sie keine Zeit.«

»Und dein Vater?«, fragte ich.

»Der kommt immer erst abends, weil er jetzt wieder arbeiten muss.« Lena zögerte, dann sagte sie: »Meine Mutter ist tot. Sie ist bei einem Autounfall ums Leben gekommen.« Es klang, als würde sie die Worte nur nachplappern. Ob sich ihr Vater so ausgedrückt hatte? Hatte er sich hinter Worthülsen versteckt, um die unerträgliche Wahrheit überhaupt über die Lippen zu bekommen? Lena beobachtete mich, wartete die Wirkung ihrer Worte ab.

»Ich weiß. Ich hab's in der Zeitung gelesen. Im Fernsehen haben sie auch über den Unfall berichtet.«

»Ich hab auch in dem Auto gesessen«, sagte Lena. »Aber ich bin nicht gestorben.«

»Ja, du hast Glück gehabt.«

»Mama nicht.« Ein Schatten huschte über Lenas Gesicht. »Sie ist jetzt im Himmel.«

Mir war etwas mulmig zumute. Am liebsten hätte ich die Flucht ergriffen. Ich hatte nicht viel mit Kindern am Hut. Schon gar nicht mit Kindern, die gerade einen Elternteil verloren hatten. Darum sagte ich das Erste, was mir in den Sinn kam. »Mein Vater ist auch tot.«

»Ehrlich?« Lena sah mich interessiert an. Der Schatten war von ihrem Gesicht verschwunden. »Hatte er auch einen Autounfall?«

»Nein. Er hatte eine Gehirnblutung.«

»Was ist das?«

»Eine Blutung im Gehirn«, erklärte ich. »Sie entsteht, wenn eine kleine Ader im Kopf platzt. Er ist einfach umgekippt. Und ein paar Stunden später war er tot.« Es fiel mir erstaunlich leicht, Lena davon zu erzählen. Vielleicht, weil sie nicht diesen betroffenen Blick draufhatte wie die meisten Leute, wenn sie vom Tod meines Vater erfuhren.

»Darf ich nachschauen, was drin ist?« Lena zeigte auf den Schuhkarton.

»Klar.« Ich legte den Karton aufs Bett und sah zu, wie Lena eifrig den Deckel abnahm. Ihre Augen leuchteten auf. »Ein Radio!«

»Ein Kassettenrekorder«, korrigierte ich. »Er ist schon ziemlich alt, früher hat er mir gehört. Aber er funktioniert noch prima. Das hier gehört auch dazu.« Ich reichte ihr einen Stapel Hörspielkassetten in zerkratzten Hüllen. Von *Die drei ???* über *TKKG* bis *Fünf Freunde* war alles dabei.

»Super!« Lena strahlte mich an. »Können wir gleich eine hören?«

»Klar.« Ich steckte den Kassettenrekorder ein und suchte nach der ersten Folge der drei Fragezeichen.

»Du bleibst doch noch ein bisschen, oder?«, fragte Lena.

Ich nickte. »Natürlich.« Dann drückte ich auf die Starttaste und lehnte mich zurück.

Sonntag

1

»Was willst du hier eigentlich?« Jakob stand auf der Autobahnbrücke und blinzelte in die Sonne. Er schien sich nicht besonders wohl in seiner Haut zu fühlen.

»Nur ein paar Aufnahmen machen.«

Ich zog mein nagelneues Handy aus der Umhängetasche und klappte es auf. Gestern hatte ich es nicht mehr ausgehalten. Ich hatte mein Sparkonto geplündert und mir in einem Handyladen ein Smartphone gekauft. Mit Touchscreen, Internetzugang und lauter anderem Schnickschnack. Aber das Einzige, was mich wirklich interessierte, war die integrierte Kamera. Sie machte gestochen scharfe Fotos und noch bessere Filmaufnahmen. Ein Traum!

Ich stellte die Kamera ein und machte einen Schwenk über die Brücke. Dann zoomte ich Jakob heran. Ein Windstoß blies ihm die dunklen Haare in die Stirn. Ich berührte sein Gesicht auf dem Touchpad.

Drei Tage lang hatte ich es geschafft, Jakob aus

dem Weg zu gehen. Ich hatte in der Schule nicht zu ihm hingesehen, war nicht in das Eiscafé am Markt gegangen, hatte mir verboten, an ihn zu denken. Aber ich hatte jede Nacht von ihm geträumt. Und heute Morgen hatte ich beschlossen, dass es genug war. Ich hatte mein neues Handy genommen und ihn angerufen. Ich musste ihn einfach sehen. Trotz Jakobs Protest waren wir zur Autobahnbrücke geradelt. Ich musste hier noch etwas erledigen. Und dabei wollte ich nicht allein sein.

»Komm, wir fahren wieder«, sagte Jakob. »In einer halben Stunde muss ich bei der Arbeit sein.«

»Gleich.« Die Kamera war immer noch auf sein Gesicht gerichtet. Er strich sich die Haare aus der Stirn. »Wo haben wir am Abend des Unfalls eigentlich genau gestanden?«

Jakob zuckte mit den Schultern. »Keine Ahnung. Da drüben, glaube ich.« Er zeigte auf eine Stelle am Geländer und ich folgte seiner Handbewegung mit der Kamera. Ich filmte den Asphalt, auf dem Pia und ich gesessen hatten, und das Geländer, an dem die Jungs gelehnt und Zigarettenkippen auf die Autobahn geschnippt hatten. Dann schwenkte ich weiter, zu der Stelle, an der das zerstörte Auto gestanden hatte. Von dem Unfall war nichts mehr zu sehen. Abgesehen von zwei dunklen Bremsspuren auf der Fahrbahn. Die Leitplanke war bereits ausgebessert worden. Ich zoomte das Metallstück heran, das ein bisschen heller aussah als der Rest.

»Was soll das Ganze, Jenny?«, fragte Jakob.

»Eine Art Bestandsaufnahme«, erklärte ich. »Um zu sehen, was vom Unfall noch übrig ist.« Ich filmte ein paar Glassplitter, die auf der anderen Seite der Leitplanke im Gras glitzerten. Sie konnten natürlich genauso gut schon vor dem Unfall dort gelegen haben.

»Warum tust du das? Das ist doch total morbide!«

Ich schwenkte wieder zurück zu Jakob. »Weil ich's jemandem versprochen habe.«

Jakob runzelte die Stirn. Er schien sich unbehaglich zu fühlen. »Das verstehe ich nicht.«

»Musst du auch nicht.« Ich steckte das Handy weg. »Komm, wir fahren zurück in die Stadt, dann kannst du mir ein Eis ausgeben.«

Ich streckte die Hand aus. Unsere Finger verflochten sich miteinander. Plötzlich fühlte ich mich ganz leicht. Und ich fragte mich, wann ich zuletzt so glücklich gewesen war.

2

Wir stellten unsere Fahrräder hinter dem Café ab. Ich wollte schon hineingehen, aber Jakob hielt mich zurück.

»Warte.« Er zog mich in seine Arme und küsste mich sanft.

Ich schloss die Augen und spürte, wie ich von einer Woge des Glücks davongetragen wurde. Am liebsten hätte ich die Zeit angehalten. Doch irgendwann lösten sich unsere Lippen wieder voneinander. Benommen schlug ich die Augen auf.

Jakob lächelte. »Das wollte ich schon die ganze Zeit tun.«

»Und warum hast du so lange gewartet?«

»Die Autobahnbrücke schien mir nicht der richtige Ort dafür zu sein.« Ein Schatten huschte über sein Gesicht. Er griff nach meiner Hand. »Komm, wir gehen rein. Sonst krieg ich noch Ärger mit meinem Chef.«

Hand in Hand betraten wir das Café. Bei dem schönen Wetter war drinnen kaum etwas los, alle wollten draußen in der Sonne sitzen. Nur ein Tisch am Fenster war besetzt. Dort saß ein Mädchen mit langen blonden Haaren und studierte die Eiskarte. Sie sah auf, als wir reinkamen. Ich blieb wie angewurzelt stehen und ließ Jakobs Hand los.

Pia.

»Geh rüber und rede mit ihr.« Jakobs Fingerspitzen berührten sanft meinen Rücken. »Ich bin gleich wieder da.« Er verschwand in einem Hinterzimmer.

Ich hatte nicht mit Jakob über den Streit mit Pia gesprochen, aber er hatte es natürlich mitbekommen. Es war vermutlich niemandem aus unserer Klasse entgangen, dass zwischen Pia und mir etwas nicht stimmte. Wir redeten nur noch das Nötigste miteinander, gingen uns in der Pause aus dem Weg, kamen morgens getrennt und achteten darauf, uns nach dem Unterricht nicht bei den Fahrradständern zu begegnen. Und jetzt trafen wir uns hier im Café. Zufall oder Schicksal?

Pias Blick war wieder auf die Eiskarte gerichtet. Ihre Haare hingen wie ein Vorhang vor ihrem Gesicht. Wollte sie allein sein? Ich zögerte. Dann gab ich mir einen Ruck und ging langsam durch das Café. Vor ihrem Tisch blieb ich stehen.

»Darf ich?«

Pia klappte die Eiskarte zu. Sie nickte.

Ich setzte mich. »Was machst du hier?«

Pia zuckte mit den Schultern. »Ich hatte Lust auf ein Eis. Ist doch nicht verboten, oder? Und du? Sonntagsausflug mit deinem neuen Lover?« Ihr Gesichtsausdruck war undurchdringlich. Wie eine Maske aus Stein.

»Nein ... ja ...« Ich seufzte. »Das ist alles nicht so einfach.«

»Besser eine komplizierte Beziehung als gar keine.« Pia starrte auf ihre sorgfältig manikürten Fingernägel. Sie legte Wert auf solche Details, während ich meine Nägel einfach immer nur schwarz lackierte.

»Ich hab's dir doch schon gesagt, das mit Jakob war keine böse Absicht.« Ich suchte nach den richtigen Worten. »Ich hatte nicht vor, was mit ihm anzufangen. Ich fand ihn ja nicht mal besonders sympathisch. Aber nach Samstagnacht war alles irgendwie anders ...« Ich seufzte. »Ich versteh's ja selbst nicht richtig.«

»Offenbar ist es mein Schicksal, dass die guten Typen auf dich abfahren und nicht auf mich.« Pia zog eine Grimasse.

Ich sah sie überrascht an. »Wie meinst du das? Du bist doch diejenige, die ständig neue Typen aufreißt.«

»Vergiss es.« Pia winkte ab. »Willst du was trinken? Ich lad dich ein.« Da entdeckte sie Jakob. Er trug seine Kellner-Klamotten und war unterwegs zu unserem Tisch. »Aber ich sehe schon, du hast hier die besseren Beziehungen«, bemerkte sie schnippisch.

Jakob kam zu uns und zückte seinen Block. »Was kann ich euch bringen?«

»Ich wusste gar nicht, dass du hier jobbst, Jakob.« Pia lächelte etwas gezwungen. »Ich nehme einen Eiskaffee.«

»Ich auch«, sagte ich schnell.

Jakob nickte und verschwand wieder. Pia und ich blieben schweigend sitzen. Die Stimmung war immer noch angespannt, aber nicht mehr so schlimm wie in den letzten Tagen. Vielleicht ging die Eiszeit allmählich zu Ende.

»Wie läuft's mit Markus?«, erkundigte sich Pia schließlich.

Ich sah aus dem Fenster. Draußen waren alle Tische besetzt. Die Leute hielten ihre Gesichter in die Nachmittagssonne und löffelten Eis aus bunten Glasbechern. Ihre Stimmen waren nur gedämpft durch die Glasscheibe zu hören. Ein bisschen wie im Zoo.

Ich zuckte mit den Schultern. »Er hat ein paarmal angerufen, aber ich hab ihn von meiner Mutter abwimmeln lassen. Ich will nicht mit ihm reden.«

»Warum machst du nicht richtig mit ihm Schluss?«, fragte Pia. »Dann lässt er dich bestimmt in Ruhe.«

»Ja.« Ich seufzte. »Da ist was dran. Aber im Moment schaffe ich das einfach nicht.«

Pia sah mich direkt an. »Liebst du ihn noch?«

»Ich weiß nicht ... Auf jeden Fall habe ich ein total schlechtes Gewissen ihm gegenüber wegen Jakob.« Ich schüttelte den Kopf. »Verrückt, oder?«

»Ach was, Markus ist doch auch kein Heiliger.«

Ich starrte Pia an. »Was soll das denn heißen?«

»Gar nichts«, sagte sie schnell. »Ich meine nur, wegen dieser Drogengeschichte.«

Jakob kam zurück und brachte die Getränke. Als ich ihm den Eiskaffee abnahm, berührten sich unsere Hände. Ganz kurz nur, aber es reichte, um mir einen Schauer über den Rücken zu jagen. Warum hatte er nur so eine starke Wirkung auf mich?

»Sag mal, stimmt es eigentlich, dass du von der Polizei befragt worden bist?«, fragte Pia unvermittelt.

Jakob nickte. »Ja, wieso?«

»Nur so.« Pia nahm die Waffel aus ihrem Eiskaffee und biss hinein. »Lara hat so was erzählt.«

»Du warst bei der Polizei?«, fragte ich überrascht.

»Nein, sie haben mich in der Schule befragt«, sagte Jakob. »Am Freitag nach der letzten Stunde.«

»Aber warum?«

»Sie wollten wissen, wie lange ich auf dem Festival war und wann ich die Brücke überquert habe. Sie versuchen, eine zeitliche Abfolge in die verschiedenen Zeugenaussagen zu bringen.«

»Dann war es also nur eine Routinebefragung?«, fragte Pia.

»Natürlich.« Jakob wandte sich zum Gehen. »Was sonst?«

Pia sah ihm nachdenklich nach, als er davonging.

Auch ich grübelte vor mich hin. Warum hatte Jakob die Befragung vorhin auf der Autobahnbrücke mit keinem Wort erwähnt? Wir hatten uns doch sogar über den Unfall unterhalten. Außerdem war er die ganze Zeit ziemlich nervös gewesen. Merkwürdig ...

»Hat Lara sonst noch was erzählt?«, fragte ich.

»Hast du das gar nicht mitbekommen?« Pia nahm einen Schluck von ihrem Eiskaffee. »Sie hat behauptet, die Polizei hätte Jakob auf dem Kieker. Wegen seiner kriminellen Vergangenheit.«

Ich runzelte die Stirn. »Was für eine kriminelle Vergangenheit?«

»Das wusste Lara auch nicht so genau. Jakob redet ja nicht darüber. Aber irgendetwas muss in seinem alten Heimatort vorgefallen sein.« Pia nahm einen

Löffel Sahne aus ihrem Glas und leckte ihn genüsslich ab.

Ich kaute lustlos an meiner Waffel. »Lara redet viel, wenn der Tag lang ist.«

»Genau.« Pia lächelte sanft. »Da ist bestimmt nichts dran.«

3

Die Sache ließ mich nicht mehr los. Ich versuchte, nicht darüber nachzudenken. Schließlich ging es mich überhaupt nichts an, was in Jakobs Vergangenheit passiert war. Andererseits irgendwie doch. Immerhin war ich gerade dabei, mich in ihn zu verlieben. Hatte ich nicht ein Recht darauf, zu erfahren, worauf ich mich einließ?

Abends hielt ich es nicht mehr aus. Ich fuhr meinen Computer hoch und gab Jakobs Namen in die Suchmaschine ein. Meine Finger flogen über die Tasten. Ich wusste, dass ich es schnell erledigen musste. Wenn ich länger darüber nachdachte, würde ich vielleicht doch noch einen Rückzieher machen.

Ich klickte auf ›Suchen‹. Es dauerte nur Bruchteile von Sekunden, bis die Ergebnisse erschienen. Es waren viele und die meisten brachten mich überhaupt nicht weiter. Offenbar gab es einen Wissenschaftler mit Jakobs Namen, denn es erschienen mehrere Uni-Seiten, Fachzeitschriften und naturwissenschaftliche Aufsätze, deren Titel reines Chinesisch für mich waren. Außerdem die üblichen *Stay Friends-* und Schulfreunde-Seiten, die bei jedem Namen auftauchen.

Ich scrollte weiter nach unten und klickte einen Link an. Bingo! Ein großformatiges Klassenfoto erschien auf dem Bildschirm. Die Klasse 8 c der Friedensschule in Rosenheim. Unter dem Bild standen die Namen der Schüler. Jakob stand ganz rechts in der hintersten Reihe. Ich erkannte ihn sofort, obwohl seine Haare länger waren und er ein ziemlich peinliches Holzfällerhemd trug. Er hatte die Hände lässig in die Hosentaschen gesteckt. Sein Gesicht war offen, er lächelte. Aber seine Augen waren genauso dunkel wie jetzt. Als hätte er schon damals ein Geheimnis gehabt.

Ich durchforstete die Homepage der Schule, fand aber keine weiteren Hinweise auf Jakob. Abgesehen davon, dass er Mitglied der Schulband war. Ich lächelte. Jakob hatte nie erwähnt, dass er ein Instrument spielte. Aber ich konnte ihn mir gut auf der Bühne vorstellen. Vielleicht war er ja der Sänger der Band gewesen.

Mit einer gewissen Erleichterung verließ ich die Seite und kehrte zur Suchmaschine zurück. Jakob schien ein ganz normaler Schüler gewesen zu sein. Einer unter vielen. Vielleicht war an dem Gerücht um seine angebliche kriminelle Vergangenheit ja überhaupt nichts dran. Oder es war etwas total Harmloses, das ihm aber irgendwie peinlich war. Ladendiebstahl zum Beispiel. Oder er hatte heimlich die Mädchen im Umkleideraum beobachtet. Obwohl ich mir Jakob als Spanner nicht so richtig vorstellen konnte. Andererseits hätte ich auch nicht gedacht, dass er auf Holzfällerhemden stand ...

Ich kam mir plötzlich albern vor. Was hatte ich eigentlich erwartet? Ein Kapitalverbrechen? Eine Familientragödie? Gewaltexzesse? Totaler Schwachsinn! Gut, dass Jakob nichts von meiner peinlichen Suchaktion wusste. Vielleicht sollte ich einfach direkt mit ihm reden, statt ihn heimlich auszuspionieren. Ich hätte wirklich zu gerne gewusst, ob er tatsächlich Sänger in der Schulband gewesen war ...

Ohne länger darüber nachzudenken, startete ich eine zweite Suchanfrage. Meine Finger waren schneller als mein schlechtes Gewissen. Diesmal gab ich ›Rosenheimer Friedensschule‹ und ›Schulband‹ ein. Binnen Sekunden tauchten die passenden Links auf.

Ich sah es beinahe sofort. Drei Worte sprangen mir ins Auge: *Rosenheimer Schüler* und *Sexskandal*. Bestimmt nur ein Zufall. Das hatte sicher nichts mit Jakob zu tun. Nur um ganz sicherzugehen, klickte ich auf den Link. Es war die Seite eines süddeutschen Käseblatts. Mit einem Artikel, der im Januar erschienen war. Also vor sechs Monaten.

SEXSKANDAL AN FRIEDENSSCHULE
Rosenheimer Schüler soll Mädchen vergewaltigt haben

Heute beginnt der Prozess gegen den 16-jährigen Jakob R. Er soll eine Mitschülerin der Rosenheimer Friedensschule auf einer Party im August sexuell missbraucht haben. Das Mädchen gab an, Jakob R. habe sie nach einem Auftritt der Schulband in einen Nebenraum gezogen und sich dort an ihr vergangen. Beide Schüler standen unter erheblichem Alkoholeinfluss. An den genauen Tathergang konnte sich die Schülerin nicht mehr erinnern. Zeugen bestätigen aber, dass Jakob R. und sein angebliches Opfer längere Zeit in dem Nebenraum verschwunden waren. Das Mädchen hat sich aus Scham erst Monate später ihrer besten Freundin anvertraut, die sie dazu überredete, zur Polizei zu gehen. Das Urteil wird Ende der Woche erwartet.

Ich starrte auf den Bildschirm, ohne etwas zu sehen. Die Buchstaben tanzten vor meinen Augen. Jakob sollte ein Mädchen vergewaltigt haben? Das war einfach unglaublich! Andererseits auch wieder nicht … Es passte alles irgendwie zusammen. Seine heftige Reaktion, als ich ihn auf seine Vergangenheit angesprochen hatte. Mir fiel wieder ein, was er damals gesagt hatte.

Meine Vergangenheit ist ganz allein meine Sache. Als wir hierhergezogen sind, habe ich mir geschworen, nur noch nach vorne zu blicken.

Kurz danach hatten wir uns geküsst. Es war so schön gewesen ...

War er mit seinen Eltern wegen dieser Geschichte aus Rosenheim weggegangen? Sie mussten ziemlich überstürzt umgezogen sein. Weil ihr Sohn ein Vergewaltiger war und sie mit dieser Schande nicht leben konnten?

Noch ein Satz von Jakob tauchte aus meiner Erinnerung auf wie eine schwarz schillernde Seifenblase.

Jeder Mensch hat dunkle Geheimnisse.

War dies sein Geheimnis? Der Gedanke tat weh. Ich wollte es nicht glauben. Aber ich konnte es auch nicht mit Sicherheit ausschließen. Mir fiel wieder auf, wie wenig ich Jakob eigentlich kannte. Ich wusste so gut wie nichts über ihn.

Nur, dass seine dunklen Augen mich verzaubert hatten.

Dass seine Küsse eine echte Offenbarung gewesen waren.

Dass wir gut miteinander reden konnten. Und noch besser miteinander schweigen.

War das nicht genug?

Nein, war es nicht. Was, wenn Jakob mich angelogen hatte? Wenn in seinem Auto doch mehr passiert war? Oder schon vorher im Wald? Wenn meine Visionen gar keine Visionen waren, sondern die Wahrheit?

Die Wiese!

Silbernes Mondlicht, schwankendes Gras. Nackte Haut, fliegende Haare. Sich bewegende Körper...

Eine leichte Übelkeit überkam mich. Irgendetwas war auf dieser Wiese passiert, das hatte ich die ganze Zeit gespürt. Was, wenn Jakob mich auch abgefüllt und vergewaltigt hatte, genau wie dieses andere Mädchen?

Unsinn! Du hast dich völlig freiwillig volllaufen lassen, Jenny.

Trotzdem ...

Ich fühlte mich schmutzig. Belogen. Ausgenutzt. In diesem Moment hätte ich alles dafür gegeben, meine Erinnerung an Samstagnacht zurückzubekommen.

Ich nahm mein Handy und tippte eine Nachricht.

Ich kenne dein dunkles Geheimnis, Jakob. Ich will dich nie mehr wiedersehen!

Ich schickte die Nachricht los. Dann löschte ich Jakobs Nummer aus meinem Adressbuch.

Mittwoch

1

»Kann ich's noch mal sehen?«

»Klar.« Ich reichte Lena mein Handy und spielte das Video noch einmal ab. Sie konnte gar nicht genug davon bekommen. Dabei war außer Asphalt, vorbeirauschenden Autos und ein paar Reifenspuren wirklich nicht viel zu sehen.

Vorsichtshalber hatte ich vorher meine Mutter gefragt, die daraufhin mit dem Krankenhaus-Psychologen gesprochen hatte. Er hatte sich den Film angeschaut und nichts dagegen gehabt, dass ich ihn Lena vorspielte.

Ihr ging es inzwischen viel besser. Sie saß aufrecht im Bett, die langen Haare zu einem Zopf zusammengebunden. Die Schläuche aus ihrer Nase waren verschwunden, genauso wie ein Teil der Maschinen neben ihrem Bett. Aber sie durfte noch nicht aufstehen und langweilte sich mit jedem Tag mehr.

»Ist der Junge dein Freund?« Sie starrte auf das Display, wo gerade der Wind durch Jakobs Haare fuhr.

»Nein«, sagte ich knapp.

»Schade.« Das Video war zu Ende und Lena betrachtete Jakobs eingefrorenes Gesicht. »Er sieht super aus. Aber auch irgendwie traurig.«

»Ja. Vielleicht ist er das.«

Seit meiner SMS hatte ich nichts mehr von Jakob gehört. Er hatte weder zurückgeschrieben noch versucht, mich anzurufen. In der Schule war er auch nicht mehr aufgetaucht. Ich wusste nicht, was ich davon halten sollte. Einerseits war ich erleichtert, weil ich ihm nicht in die Augen sehen musste. Aber war sein Abtauchen nicht auch so was wie ein Schuldeingeständnis? Was, wenn er mit mir tatsächlich dasselbe gemacht hatte wie mit dem Mädchen aus Rosenheim? Mir wurde übel, sobald ich daran dachte. Darum verdrängte ich den Gedanken schnell wieder.

»War er an dem Abend auch auf der Autobahnbrücke?«

Ich nickte. Ich hatte Lena von dem Festival erzählt. Und dass wir eine Weile auf der Brücke gestanden hatten.

»Hat er den Unfall gesehen?«

»Nein. Ich hab dir doch schon gesagt, dass wir viel früher auf der Brücke waren. Da wart ihr wahrscheinlich noch nicht mal losgefahren.«

Lena seufzte. »Ich würde so gerne wissen, was passiert ist. Aber ich kann mich an nichts erinnern. Ich hab geschlafen. Und als ich aufgewacht bin, lag ich im Krankenhaus.«

Ich konnte gut nachvollziehen, dass ihr das schwarze Loch in ihrem Kopf zu schaffen machte. In dieser Hinsicht hatten wir etwas gemeinsam.

»Vielleicht kommt die Erinnerung ja zurück. Irgendwann, wenn du gar nicht mehr damit rechnest.«

»Glaubst du, derjenige, der die Flasche von der Brücke geworfen hat, wollte unser Auto treffen?«, fragte Lena.

Ich schüttelte den Kopf. »Bestimmt nicht.«

»Warum hat er das nur gemacht?« Lena dachte viel über den Unfall nach. Genau wie mich ließ sie der geheimnisvolle Flaschenwerfer nicht los, wenn auch aus anderen Gründen. Zum Glück hatte ihr bis jetzt niemand das Phantombild gezeigt. Ich war mir ziemlich sicher, dass sie mich sofort erkennen würde. Lena sah oft unheimlich klar.

»Vielleicht war es ein Betrunkener, der überhaupt nicht darüber nachgedacht hat, was er tut.« Das war zumindest die Meinung meiner Mutter.

»Meinst du, die Polizei findet den, der das getan hat?« Es war nicht das erste Mal, dass Lena mir diese Frage stellte.

»Möchtest du das denn?«, fragte ich zurück.

Lena überlegte. »Ich weiß nicht. Vielleicht. Ich würde ihn gern fragen, warum er das getan hat. Und ob es ihm leidtut.«

Ich wollte das Handy wieder an mich nehmen, aber Lena hielt es fest. »Wer ist das?«

Ich warf einen Blick auf das Display. Lena hatte aus Versehen den nächsten Film gestartet.

»Das ist Pia, meine Freundin. Und das daneben sind zwei Mädchen aus meiner Klasse, Lara und Marie.«

»Ist Pia deine beste Freundin?« Lena starrte auf das Display.

»Ich schätze schon.«

Oberflächlich betrachtet gingen wir inzwischen wieder fast normal miteinander um. Doch manchmal war die Kluft, die zwischen uns entstanden war, noch so deutlich zu spüren, als hätten wir uns gerade erst gestritten.

»Ist sie nett?«

Ich überlegte. »Meistens.«

Weder Pia noch ich hatten zurückgenommen, was wir uns am Telefon an den Kopf geworfen hatten. Vielleicht weil wir es beide ehrlich gemeint hatten.

Das Video, das Lena sich gerade anschaute, war Anfang der Woche entstanden, als ich ein bisschen auf dem Schulhof herumgefilmt hatte. Lara und Marie zerrissen sich gerade das Maul über Jakob. Pia hatte dafür gesorgt, dass sein dunkles Geheimnis kein Geheimnis mehr war. Montagmorgen war ich so durcheinander gewesen, dass ich ihr von dem Zeitungsartikel im Internet erzählt hatte. Inzwischen wusste es wahrscheinlich die ganze Schule. Maries etwas zu grelle Stimme ertönte so klar aus dem Handy, als würde sie neben Lena und mir im Krankenzimmer stehen.

»Mich überrascht das gar nicht. Mir kam er von Anfang an komisch vor. So wortkarg und abweisend. Irgendwie düster. Kein Wunder...«

Lügnerin, dachte ich. In Wirklichkeit warst du doch die ganze Zeit scharf auf ihn.

Ich nahm Lena das Handy aus der Hand und aktivierte die Tastensperre. Ich wollte nicht mehr an Jakob denken. Am liebsten hätte ich ihn aus meinem Gedächtnis gelöscht. So wie einen Film aus meinem Handyspeicher. Leider ging das nicht so einfach.

»Hast du eigentlich einen Freund?«, fragte Lena neugierig.

Ich zögerte. »Na ja, nicht so richtig. Ich bin zwar irgendwie noch mit jemandem zusammen, aber wir haben uns gestritten.«

Markus hatte am Montag nach der Schule auf mich gewartet. Er wollte mit mir reden, aber ich hatte ihn abblitzen lassen. Ich konnte ihm noch nicht verzeihen. Doch ich schaffte es auch nicht, endgültig Schluss zu machen. Seitdem schickte er mir jeden Tag eine SMS. Sie bestand immer nur aus einem einzigen Satz.

Jenny, ich liebe dich.

Ich hätte nicht gedacht, dass er so hartnäckig sein würde.

»Sieht dein Freund, mit dem du dich gestritten hast, auch so gut aus wie der Junge auf dem Video?«

»Nicht ganz.«

»Ist er nett?«

Ich zögerte. »Ja. Eigentlich ist er ziemlich nett. Aber manchmal baut er auch ganz schönen Mist.«

»Ihr müsst euch wieder vertragen.« Lena sah mich ernst an. »Es ist ganz leicht. Wer etwas Dummes gemacht hat, muss sich entschuldigen.«

»Das hat er schon getan«, sagte ich.

»Na also! Dann ist doch alles klar.«

Ich musste lächeln. Mit zehn ist das Leben noch so einfach. Oder machte ich es vielleicht unnötig kompliziert?

»Hast du mir neue Kassetten mitgebracht?«, fragte Lena. »Die alten kann ich schon auswendig.«

»Hab ich.« Ich zog einen Stapel Hörspielkassetten aus meiner Umhängetasche, die ich am Samstagnachmittag spottbillig auf dem Flohmarkt erstanden hatte.

Dann hörten wir *Die drei ???, bis es Zeit fürs Abendessen war.*

2

Als ich aus dem Krankenhaus kam, wurde es bereits dunkel. Ich war viel länger bei Lena geblieben, als ich vorgehabt hatte. Ich hatte ihr beim Abendessen Gesellschaft geleistet und danach Mau-Mau mit ihr gespielt. Sie gewann eine Runde nach der anderen.

Und jedes Mal, wenn ich gehen wollte, hatte sie angefangen zu jammern.

»Nur noch eine Runde, Jenny. Bitte!«

Schließlich hatte ich mich mit dem Versprechen verabschiedet, morgen Nachmittag wiederzukommen. Es überraschte mich selbst, wie sehr mir Lena mittlerweile ans Herz gewachsen war.

Vor dem Krankenhaus standen zwei Männer in Bademänteln und Schlappen und rauchten. Die Sonne war schon untergegangen und am Himmel leuchteten die ersten Sterne auf. Ein paar Schleierwolken zogen über den Dächern der Häuser entlang. Es war immer noch warm.

Ich ging zu meinem Fahrrad, das ich weiter hinten an einem Laternenpfahl angeschlossen hatte. Direkt neben der Hecke, die das Krankenhausgelände von der Straße abschirmt. Als ich in der Hosentasche nach meinem Schlüssel kramte, sprang das Licht der Laterne flackernd an.

In diesem Moment sah ich die Gestalt, die sich aus dem Schatten der Hecke löste.

Jakob.

Mit zwei Schritten war er bei mir. Ich ließ den Fahrradschlüssel fallen und starrte ihn an. In seinen dunklen Augen lag so viel Wut, dass ich zurückwich. Ich warf einen Blick zum Krankenhauseingang hinüber, doch die beiden Männer waren verschwunden. Wir waren allein.

»Was willst du?« Mein Herz raste und ich versuchte, die Panik in den Griff zu bekommen, die in mir aufstieg.

Es ist doch nur Jakob. Er wird dir nichts tun.

»Mit dir reden.« Jakobs Lippen waren zwei schmale Striche. So wütend hatte ich ihn noch nie gesehen. Unwillkürlich machte ich noch einen Schritt zurück. »Was soll das?«, fragte Jakob. »Hast du etwa Angst vor mir?« Als ich schwieg, schüttelte er den Kopf. »Das darf doch alles nicht wahr sein!« Er schlug mit der flachen Hand gegen den Laternenpfahl neben mir und ich zuckte zusammen. Der Knall dröhnte in meinen Ohren.

»Lass das«, flüsterte ich. »Lass mich einfach in Ruhe, okay?«

Jakob kam ganz nah an mich heran. Ich gefror zu Eis. Ich spürte seinen Atem auf meinem Gesicht, als er leise sagte: »Du weißt gar nichts über mich, verstehst du? Überhaupt nichts!«

Ich schluckte. »Ich hab einen Zeitungsartikel im Internet gefunden. Über die Sache mit dem Mädchen in Rosenheim.«

»Und?« Er sah mich herausfordernd an. »Hältst du mich jetzt für einen Vergewaltiger?«

»Warum warst du nicht in der Schule?«, fragte ich zurück.

»Was glaubst du wohl?« Jakobs Stimme klang hart. »Meinst du, ich hab Lust, mir das dumme Gequatsche anzuhören? Das ganze Gerede, die verstohlenen Blicke der anderen, sobald ich mich umdrehe –

glaubst du, das macht mir Spaß? Ich hab das alles schon einmal erlebt. Jetzt geht es wieder von vorne los und das ist deine Schuld, Jenny.« Er packte mich am Arm. »Warum hast du mir nicht einfach vertraut?«

Ich riss mich los. »Wie soll ich jemandem vertrauen, der mir nicht die Wahrheit sagt? Ich will endlich wissen, was Samstagnacht wirklich passiert ist!«

Jakob schüttelte langsam den Kopf. »Glaub mir, Jenny, das möchtest du nicht wissen.« Er sah plötzlich müde aus. »Du hattest recht. Es ist wirklich das Beste, wenn wir uns nicht mehr sehen.«

Ehe ich noch etwas sagen konnte, war er wie ein lautloser Schatten in der Dunkelheit verschwunden.

Zwei Wochen später

Samstag

1

»Mach schon auf!«, drängte Pia.

Ich nahm das Päckchen, das sie mir hinhielt. Es war in silbern glänzendes Papier eingeschlagen und mit einer dunkelblauen Schleife versehen. Ein Dutzend Augenpaare sah mir beim Auspacken zu.

Pia hatte zu meinem Geburtstag eine Grillparty am Blauen See organisiert und dazu die halbe Klasse eingeladen. Wir saßen am Lagerfeuer, während die Sonne langsam hinter den Bäumen unterging. Der Sand war noch warm, doch vom See stieg bereits kühlere Luft auf. Mücken schwirrten über die Wasseroberfläche und tanzten zwischen federleichten Nebelschwaden. Es sollte der letzte Sommerabend werden, ab morgen waren sinkende Temperaturen und Regen angesagt. Der Herbst kündigte sich an.

Ich löste die Schleife und schlug das Papier zur Seite. »Ein T-Shirt!« Ich faltete es auseinander und hielt es hoch. Es war schwarz mit einem goldenen Herz auf der Brust. Das Herz hatte links und rechts zwei kleine Engelsflügel. Ich wusste, dass das Pias Art war, mir ein Versöhnungsangebot zu machen. Das Geschenk. Und diese Party.

»Danke. Das ist echt süß von dir.« Ich umarmte Pia. Einen Moment fühlte es sich zwischen uns fast wieder so an wie früher. Es war ein gutes Gefühl.

»Die Würstchen sind fertig!«, rief Lukas, der für den Grill zuständig war. »Wer möchte eins?«

Die anderen erhoben sich und scharten sich um den Grill.

»Willst du nichts essen?«, fragte Pia.

Ich schüttelte den Kopf. »Ich hab noch keinen Hunger. Vielleicht später.«

Am Waldrand tauchte eine Gestalt auf. Sie trat zwischen den Bäumen hervor und kam auf uns zu. Einen Moment dachte ich, es wäre Jakob. Mein Herzschlag beschleunigte sich. Ich hatte ihn seit unserer Begegnung vor dem Krankenhaus nicht mehr gesehen. Er hatte Wort gehalten und war aus meinem Leben verschwunden. Genauso plötzlich, wie er gekommen war. In unserer Klasse war er nicht wieder aufgetaucht. Es hieß, er habe die Schule gewechselt. Ich versuchte, ihn zu vergessen. Es klappte mal mehr, mal weniger gut.

Ich blinzelte und sah, dass ich mich getäuscht hatte. Es war nicht Jakob, der jetzt fast das Lagerfeuer erreicht hatte.

»Markus!«, rief ich überrascht. »Was machst du denn hier?«

Pia grinste. »Ich hab ihn eingeladen.« Leiser fügte sie hinzu: »Kleine Überraschung zum Geburtstag.«

Ich schaffte es gerade noch, ihr einen vorwurfsvollen Blick zuzuwerfen, da stand Markus auch schon vor mir.

»Ich hol mir ein Würstchen.« Pia verschwand in Richtung Grill.

Markus fuhr sich unsicher mit der Hand durch die Haare. »Hallo, Jenny.« Er zögerte kurz, dann umarmte er mich. Ganz vorsichtig, als wäre ich aus Glas. »Alles Gute zum Geburtstag.«

Seine Lippen kitzelten mich am Ohr. Ich atmete seinen Geruch ein, der mir immer noch vertraut war. »Danke.«

Markus ließ mich los und ich trat einen Schritt zurück.

»Ich hoffe, es ist okay, dass ich hier bin.« Er sah mich fragend an. »Wenn ich wieder gehen soll, musst du es nur sagen.«

Ich schüttelte den Kopf. »Nein. Ich möchte, dass du bleibst.« Mir wurde klar, dass das tatsächlich stimmte. Ich lächelte Markus zu. »Schön, dich zu sehen.«

Wir setzten uns ans Lagerfeuer. Ich spürte die Wärme der Flammen auf meiner Haut. Und die Wärme von Markus' Nähe. »Ich hab noch was für dich.« Er zog eine kleine Schachtel hervor.

»Was ist das?«

»Pack's aus.«

Er reichte mir die Schachtel und ich hob vorsichtig den Deckel. Auf einem roten Samtpolster glitzerte etwas. Eine silberne Kette mit einem winzigen, herzförmigen Anhänger.

»Gefällt sie dir nicht?«, fragte Markus besorgt, als ich nichts sagte.

»Im Gegenteil. Sie ist wunderschön.« Ich hatte einen Kloß im Hals.

Markus nahm die Kette aus der Schachtel und legte sie mir um. Der kleine Anhänger lag kühl auf meiner Haut.

»Danke«, flüsterte ich.

Markus sah mich ernst an. »Ich liebe dich, Jenny. Mehr als alles auf der Welt. Das ist mir in der letzten Zeit noch mal so richtig klar geworden.«

Meine Haut prickelte, als er mit dem Finger sanft über meine Wange strich. Ich griff nach seiner Hand. »Komm. Lass uns woanders hingehen.«

Hand in Hand liefen Markus und ich in den Wald. Zwischen den Bäumen war es wärmer als am See. Und dunkler. Das Geräusch unserer Schritte wurde vom Moos verschluckt. Wir blieben stehen. Markus zog mich an sich. »Ich bin so froh, dass du mir noch eine Chance gibst.«

Es tat gut, seine Nähe zu spüren. Wir küssten uns an einen Baum gelehnt. Es fühlte sich vertraut an, ein bisschen wie nach Hause kommen. Und gleichzeitig war alles neu.

»Geht es dir zu schnell?«, fragte Markus zwischen zwei Küssen. »Wir können jederzeit aufhören, wenn du willst.«

»Nein.« Ich schlang meine Arme noch fester um ihn. »Nicht aufhören. Dafür ist es zu gut.«

»Komm mit!« Markus zog mich vom Baum weg und weiter durch den Wald. Mein Körper glühte, als hätte ich Fieber.

»Wo laufen wir hin?«, fragte ich.

»Wart's ab. Wir sind gleich da.«

Es war inzwischen ganz dunkel geworden. Zweige schlugen mir gegen die Beine und ins Gesicht. Die Fichtennadeln schienen mich zu liebkosen. Es roch nach Moos.

Ich blinzelte. Mir wurde flau im Magen. Die Realität entglitt mir. Ich war in meinem eigenen Traum gelandet. Mein Atem ging stoßweise, während ich verzweifelt versuchte aufzuwachen. Ich wollte diesen Traum nicht mehr träumen. Ich hatte ihn abgehakt, vergessen. Genau wie das schwarze Loch in meiner Erinnerung.

Die Bäume lichteten sich, es wurde heller. Markus schob ein paar Zweige zur Seite. Dann standen wir auf der Wiese.

2

Silbernes Mondlicht ergoss sich auf das schwankende Gras. Leises Rascheln, sonst kein Geräusch. Es hatte sich nichts verändert.

Markus zog mich auf die Wiese. Ich stolperte, meine Beine gaben nach. Ich ließ mich ins Gras fallen. Der weiche Boden fing mich auf.

»Hast du dir wehgetan?« Markus ließ sich neben mir nieder, seine Arme umfingen mich, hielten mich fest.

»Nein. Es ist nichts ...«

Ich spürte seine Küsse kaum, war völlig in meinem Traum gefangen. Aber die Rollen waren vertauscht. Ich sah mich zwischen den Bäumen stehen, dahinter eine dunkle Gestalt. Jakob?

Ich sah meine Hand, die einen Zweig zur Seite schob, mein Gesicht, weiß zwischen den Bäumen wie ein kleiner Mond. Meine vor Schreck weit aufgerissenen Augen.

»Ich liebe dich«, murmelte Markus. Er ließ sich ins Gras sinken, zog mich auf sich. Seine Hände griffen nach meinem T-Shirt, streiften es mir über den Kopf. Er löste meinen BH, streichelte sanft meine Brüste.

Schneeweiße Brüste, silbernes Haar. Eine Nixe ohne Gesicht.

Plötzlich stehe ich wieder am Waldrand. Meine weit aufgerissenen Augen sehen alles. Die nackten

Körper im Gras. Die tastenden Hände. Das Gesicht der Nixe.

Ein heiserer Schrei ertönt. Markus fährt hoch, schüttelt mich. Der Schrei verstummt. Ich bin es, die geschrien hat.

»Was ist los?«, fragt Markus. »Jenny? Was hast du?«

»Ich hab euch gesehen«, stoße ich hervor und rutsche von Markus' Schoß. Ich zittere am ganzen Körper. Schützend schlinge ich die Arme um meinen nackten Oberkörper.

»Wen hast du gesehen?«, fragt Markus. Er ist blass geworden. Er weiß es. Aber er will es trotzdem von mir hören. Erst wenn ich die Worte ausspreche, werden sie Wirklichkeit.

»Dich und Pia. Hier auf der Lichtung. Ihr habt ... ihr habt es miteinander getrieben.« Meine Stimme zersplittert. Mir ist so schrecklich kalt. Markus streckt eine Hand nach mir aus, aber ich stoße sie weg. »Fass mich nicht an!«

»Jenny! Beruhige dich doch!« Markus sieht besorgt aus. Vielleicht denkt er, ich drehe durch. Vielleicht tue ich das auch. Ich springe auf, greife nach meinem T-Shirt, ziehe es über den Kopf. Meine Zähne klappern immer noch. Ich habe das Gefühl, mir wird nie wieder warm werden.

»Wie lange läuft schon was zwischen euch?« Der Satz kommt ganz von selbst, als würde ich einen Text nachsprechen. Einen Text, den ich bereits kenne. Vielleicht aus einem Film?

»Es ist nicht so, wie du denkst.« Auch dieser Satz kommt mir bekannt vor. Die Szene, die wir hier gerade aufführen, ist absolut lächerlich. »Es ist nur ein einziges Mal passiert, Jenny. Ich war betrunken. Und frustriert. Wir hatten uns gestritten.«

»Und deshalb musstest du gleich mit Pia schlafen?«

»Wir haben einen riesengroßen Fehler gemacht. Es tut mir leid.« Markus steht auf. Kommt auf mich zu. »Aber es hat überhaupt nichts zu bedeuten. Pia bedeutet mir nichts. Ich liebe nur dich!«

Ich sehe sein Gesicht. So vertraut. Die blauen Augen. So verzweifelt. Die Hände, die mich so oft berührt haben. Und die mich nie wieder berühren werden.

»Es ist aus«, sage ich ruhig. »Endgültig.«

Ich drehe mich um und gehe davon. Erst als ich wieder im Wald bin, werde ich schneller, fange an zu rennen. Ich reiße die Kette von meinem Hals. Sie landet lautlos im Unterholz.

3

Ich renne durch den Wald. Meine Füße fliegen. Tränen strömen über mein Gesicht. Der Schmerz ist fast unerträglich. Hinter mir eine Stimme. »Jenny! Warte!«

Es ist Jakob. Er erreicht mich, als ich die letzten Bäume hinter mir lasse, hält mich fest, drückt mich an sich.

»Lass mich los!« Ich trommle mit den Fäusten gegen seine Brust, aber seine Arme sind wie ein eiserner Schraubstock.

»Komm jetzt mit.« Seine Stimme klingt bestimmt.

»Nein!« Ich reiße mich los, renne weiter, panisch.

Aber ich weiß, dass Jakob mir folgt. Und dass er mich früher oder später kriegen wird.

4

Als ich aus dem Wald trat, wehte das Lachen der anderen zu mir herüber. Ich hörte ihre Stimmen und den leisen Klang einer Gitarre. Sah sie um das Lagerfeuer sitzen, ihre Silhouetten dunkel gegen die Flammen. Funken flogen in den Nachthimmel. Es roch nach Rauch und gebratenen Würstchen. Meine Geburtstagsparty.

Pia saß so dicht neben Lukas, dass sich ihre Schultern berührten. Sie kicherte über etwas, das er gerade gesagt hatte. War er ihr Auserwählter für heute Nacht? Würde sie mit ihm auch zu der Wiese im Wald gehen? Oder war das Markus' Idee gewesen?

Eine kalte Wut erfasste mich. Ohne auch nur eine Sekunde zu zögern, ging ich auf das Lagerfeuer zu.

»Jenny!« Pia sprang auf, als sie mich kommen sah. »Was ist los?«, fragte sie alarmiert. »Wo ist Markus?«

In dieser Sekunde hätte ich sie umbringen können. Ihre Scheinheiligkeit kotzte mich an. Ich holte aus und schlug ihr ins Gesicht. Ihr Kopf flog zur Seite und sie hielt sich die Wange, auf der sich meine Finger bereits als rote Streifen abzuzeichnen begannen.

»He! Was soll das?« Lukas erhob sich, wollte sich zwischen uns stellen. Aber ich hatte nicht vor, einen weiteren Angriff zu starten.

Pia sagte nichts. Doch in ihrem Blick lagen mehr als tausend Worte. Ich sah Wut, Überraschung, Bedauern. Das alles und noch viel mehr.

Dann öffnete ich den Mund und sprach aus, was ich beim letzten Mal nur in die Leere unseres Hauses geschrien hatte.

»Schlampe!«

Pia zuckte zusammen. Als würde dieses eine Wort mehr wehtun als die Ohrfeige.

Irgendwie schaffte ich es, zu meinem Fahrrad zu gehen, es aufzuschließen und über den schmalen Trampelpfad davonzuschieben. Der flackernde Schein des Feuers verlor sich zwischen den Bäumen. Niemand kam mir nach. Und ich sah nicht zurück.

Ich fuhr über die Autobahnbrücke. Lenas Gesicht blitzte kurz in meinem Kopf auf, verschwand wieder. Meine Beine traten wie von selbst in die Pedale. Die im Mondlicht glänzenden Felder zogen an mir vorbei. Ich dachte an nichts, fühlte nichts. Alles war still. Ich war wie betäubt.

Als ich anhielt, war ich wieder in der Stadt. Ich stand vor dem Eiscafé am Markt. Ich hatte keine Ahnung, ob Jakob noch hier arbeitete. Die Sonnenschirme waren zugeklappt. Die Stühle aufeinandergestapelt. Drinnen gingen gerade die Lichter aus. Ich wartete.

Er kam zusammen mit zwei Kollegen heraus, sie verabschiedeten sich. Der Typ vom Festival war nicht dabei. Fast wäre Jakob an mir vorbeigegangen, ohne mich zu bemerken. Dann wandte er den Kopf.

»Jenny?«

Er war überrascht. Natürlich. Warum hätte er auch mit mir rechnen sollen? Er war aus meinem Leben verschwunden, so wie ich es gewollt hatte. Ich hatte versucht, ihn zu vergessen. Genau wie den Unfall, das Loch in meinem Gedächtnis und das Phantombild, das allmählich von den Titelseiten verschwunden war. Verdrängt von anderen, aktuelleren Meldungen über Anschläge, Amokläufe und sinkende Aktienkurse.

»Ich muss mit dir reden.«

Meine Stimme klang fremd. Kratzig und rau.

Jakob sah mich an. Dann nickte er. »Komm mit.«

Wir wanderten schweigend durch die leeren Straßen, ohne uns zu berühren. Mein Fahrrad zwischen uns. Irgendwann blieb Jakob vor einem kleinen Reihenhaus stehen. Es sah fast so aus wie unseres. Alle Fenster waren dunkel. Als wir den Vorgarten betraten, sprang eine Lampe an. Ich zögerte. Etwas in mir warnte mich davor, mit Jakob in dieses dunkle Haus zu gehen. Die Angst war immer noch da.

»Keine Sorge, meine Eltern sind oben«, sagte Jakob, als hätte er meine Gedanken gelesen. Oder hatte ich sie laut ausgesprochen? »Sie schlafen bestimmt schon, aber falls ich über dich herfallen sollte, werden sie dir sofort zu Hilfe eilen.«

Es hätte wehtun müssen, den bitteren Klang seiner Stimme zu hören. Aber ich fühlte nichts. Ich stellte mein Fahrrad ab und folgte Jakob.

Wir gingen ins Haus, stiegen eine Treppe hinauf, gingen einen Flur entlang. Jakob führte mich in sein Zimmer, knipste das Licht an. Der Deckenfluter strahlte hell. Ich blinzelte.

»Setz dich.« Jakob räumte ein paar Klamotten von einem Sessel, ich ließ mich ganz vorne auf der Kante nieder. Er setzte sich auf einen Stuhl auf der anderen Seite des Zimmers. Größtmöglicher Sicherheitsabstand.

Ich starrte auf meine Hände, massierte sie. Langsam kehrte das Gefühl in die Fingerspitzen zurück. Ich weiß nicht, wie lange wir schwiegen. Als ich aufsah, begegneten sich unsere Blicke. Jakob wartete.

»Du fragst dich sicher, was ich hier will.«

Jakob sah mich stumm an, die dunklen Augen unergründlich.

Ich atmete tief ein. »Ich erinnere mich wieder.«

Er beugte sich vor, eine Ader pochte an seinem Hals. »Woran?«

»An die Nacht, in der ich in deinem Auto gelandet bin. Daran, was passiert ist, nachdem wir den Festivalplatz verlassen haben. Du hast mir nicht die Wahrheit gesagt.«

In Jakobs Augen blitzte etwas auf. Angst?

»Erzähl mir, woran du dich erinnerst«, forderte er mich auf.

»An die Wiese.« Ich merkte, wie die Kälte wieder von mir Besitz ergriff, als sich die Bilder ganz von selbst in meinem Kopf abspulten. »Warum hast du mir nichts davon gesagt?« Als Jakob nicht antwortete, fügte ich leiser hinzu: »Warum hast du mir nicht gesagt, dass mich mein Freund mit meiner besten Freundin betrügt?«

Ein Teil der Anspannung fiel von Jakob ab. Er schien beinahe erleichtert zu sein. Vielleicht, weil er mir jetzt nichts mehr vormachen musste.

»Es tut mir leid.« Er seufzte. »Du warst total fertig. Völlig durch den Wind. Aber am nächsten Tag schienst du nichts mehr davon zu wissen. Du hattest alles vergessen. Ich hab's einfach nicht übers Herz gebracht, dir noch einmal so wehzutun. Ich dachte, vielleicht ist es besser so.«

Tränen stiegen mir in die Augen. Ich blinzelte sie weg. »Und was ist dann passiert?«

Jakob zuckte mit den Schultern. »Nichts. Dir wurde schlecht. Ich hab dich zu meinem Auto gebracht. Das hab ich doch schon erzählt.«

»Wir sind nicht zu deinem Auto gegangen«, sagte

ich ruhig. »Ich bin weggerannt. Und du bist mir gefolgt. Daran erinnere ich mich noch. Aber ich weiß nicht, wie es weitergegangen ist.« Ich sah Jakob eindringlich an. »Hör endlich auf, mich anzulügen. Ich will die Wahrheit wissen.«

Jakob senkte den Blick. Sein Kiefer war angespannt. »Manchmal ist es besser, die Wahrheit nicht zu kennen.«

»Und das willst du für mich entscheiden? Ich weiß selbst, was für mich am besten ist.«

»Jenny, bitte ...« Jakob klang gequält. »Warum tust du dir das an? Glaub mir, es ist besser so, wie es ist.«

»Für wen?«, fragte ich. »Für dich oder für mich?«

Er stutzte, sah mich ungläubig an. Schüttelte den Kopf. »Du glaubst doch nicht etwa, dass ich ... dass ich irgendetwas getan habe, was du nicht wolltest?«

»Ich glaube gar nichts mehr. Ich will die Wahrheit wissen. Jetzt sofort. Hast du mit mir dasselbe gemacht wie mit diesem Mädchen in Rosenheim?«

Sein Gesicht verschloss sich. Wurde hart und kalt. Ich schielte zur Tür. Würde ich es schaffen abzuhauen, wenn er durchdrehte? Würden seine Eltern meine Schreie hören? Waren sie überhaupt zu Hause? Was, wenn Jakob mich angelogen hatte? Wenn nur wir beide in diesem Haus waren? Und niemand, der mir helfen würde ...

»Du hast Angst vor mir«, stellte Jakob nüchtern fest. »Du traust es mir also wirklich zu. So wie alle anderen. Vielen Dank für dein Vertrauen, Jenny. Das bedeutet mir wirklich viel.« Der Sarkasmus in seiner Stimme machte mich wütend.

»Vertrauen? Ausgerechnet du redest von Vertrauen?«, rief ich. »Du bist doch derjenige, der mir nicht vertraut hat. Sonst hättest du mir erzählt, was damals wirklich passiert ist. Ich hätte es gerne von dir erfahren statt aus dem Internet, verstehst du?«

Jakob seufzte. Er war in sich zusammengesunken, hatte den Kopf in die Hände gestützt, den Blick gesenkt. »Ich hab sie nicht missbraucht.« Seine Stimme klang dumpf. »Sie hieß Elisabeth, aber alle nannten sie Liz. Sie ging in meine Parallelklasse. Auf dieser Party hatten wir einen Auftritt mit der Schulband. Danach haben Liz und ich ein bisschen gequatscht und dabei ziemlich viel getrunken. Es war lustig, wir hatten Spaß und haben irgendwann angefangen rumzuknutschen. Dann sind wir in den Nebenraum gegangen und hatten Sex. Sie wollte es genauso wie ich. Das war's. Mehr ist nicht passiert.«

»Und warum hat sie dich dann angezeigt?«

Er fuhr sich mit beiden Händen über das Gesicht. »Das wüsste ich auch gerne. Ich hab's bis heute nicht so richtig kapiert. Ich glaube, sie war sauer auf mich. Sie hatte mehr erwartet. Sie dachte, wir wären ein Paar.«

»Aber für dich war's nur eine schnelle Nummer, stimmt's?«, fragte ich bitter. »Du hast sie benutzt und dann fallen gelassen. Als du bekommen hattest, was du wolltest, war sie plötzlich nicht mehr interessant für dich. Bestimmt hast du ihr gesagt, wie toll du sie findest. Wie sehr du sie liebst. Dass sie die Einzige für dich ist. Dein Ein und Alles. Dass du alles für sie tun würdest. Dabei war sie es, die alles für dich getan hat. Und nichts dafür bekommen hat. Weniger als nichts. Weißt du was, Jakob? Ich kann sie verstehen. Ich kann sie wirklich verstehen. Auf ihre Art hat sie versucht zu kämpfen, wenigstens das.«

Ich hatte damals nicht gekämpft. Stattdessen hatte ich mich verkrochen und niemanden an mich herangelassen. Ich hatte den Schmerz gegen mich selbst gerichtet statt gegen den, der ihn verursacht hatte.

Robin, dieser Mistkerl!

Wenn Pia nicht gewesen wäre, hätte ich mich so lange selbst zerfleischt, bis nichts mehr von mir übrig gewesen wäre. Pia war damals meine Rettung. Und Markus natürlich. Pia und Markus ... Ich schloss die Augen. Ich wollte jetzt nicht an sie denken.

»Vielleicht hast du recht«, sagte Jakob. »Vielleicht war es tatsächlich meine eigene Schuld. Aber wenn es so war, dann habe ich dafür gezahlt. Und das nicht zu knapp. Willst du wissen, wie es weiterging?«

Ich nickte und Jakob erzählte.

»Nach der Party waren Liz und ich tatsächlich eine Weile so was wie zusammen. Aber es hat nicht funktioniert. Ich hab's ziemlich schnell gemerkt. Ich war nicht in sie verliebt. Aber sie in mich. Sie hat nicht lockergelassen, ständig angerufen, ist nicht von meiner Seite gewichen. Ich hab Schluss gemacht, aber sie hat es ignoriert. Erst als ich ihr ins Gesicht gesagt habe, dass ich sie nicht liebe, hat sie es begriffen. Sie war völlig fertig, hat mich beschimpft. Ich hab sie rausgeworfen.« Jakob hielt kurz inne, verloren in seiner Erinnerung. »Und eine Woche später stand die Polizei bei uns vor der Tür. Wir saßen gerade beim Abendessen. Meine Eltern waren völlig aus dem Häuschen. Ich musste mit auf die Wache zum Verhör. Im Polizeiauto, mit uniformierten Polizisten. Wenigstens haben sie mich nicht in Handschellen abgeführt. Aber für die Nachbarn hat es gereicht. Sie haben sich das Maul zerrissen. Auf der Straße wurden meine Eltern nicht mehr gegrüßt. In der Schule hat niemand mehr mit mir geredet. Es war die Hölle.«

»Und?«, fragte ich, als Jakob nicht weitersprach. »Wie ist der Prozess ausgegangen?«

»Liz hat sich in Widersprüche verwickelt, eine Gutachterin hat die Glaubwürdigkeit ihrer Aussage angezweifelt. Ich wurde freigesprochen. Aus Mangel an Beweisen.«

»Aber dann war doch alles gut. Warum seid ihr weggezogen?«

»Weil eben nicht alles gut war.« Jakob sah mich mit müden Augen an. »So ein Verdacht, der löst sich nicht einfach in Luft auf. Der bleibt an dir kleben. Für immer. Ich hatte plötzlich keine Freunde mehr. Meinem Vater wurde in seiner Firma aus fadenscheinigen Gründen die Beförderung verweigert, die eigentlich angestanden hätte. Wir bekamen anonyme Drohanrufe. Die Leute wollten uns nicht mehr im Ort haben. Also sind wir gegangen. Wir wollten hier noch einmal neu anfangen. Die Vergangenheit hinter uns lassen. Aber ich hätte wissen müssen, dass das nicht funktioniert.«

»Du hättest mit mir reden sollen«, sagte ich.

»Wirklich?«, fragte er. »Glaubst du, du hättest es verstanden?«

Ich überlegte, dann schüttelte ich den Kopf. »Ich weiß nicht. Es wäre zumindest einen Versuch wert gewesen.«

Jakob sah mich an. »Ja, vielleicht. Aber jetzt ist es zu spät, oder?«

Ich antwortete nicht. Vermutlich hatte er auch keine Antwort erwartet.

Auf dem Flur waren Schritte zu hören. Dann wurde zaghaft an die Tür geklopft. »Jakob?«, fragte eine Frauenstimme. »Bist du das? Hast du Besuch?«

Seine Eltern waren also tatsächlich zu Hause.

»Warte. Bin gleich wieder da.« Jakob stand auf und ging aus dem Zimmer. Er schloss die Tür hinter sich. Ich hörte ihn leise mit seiner Mutter reden.

Jetzt merkte ich erst, wie erschöpft ich war. Meine Augenlider waren so schwer. Am liebsten hätte ich mich einfach auf dem Sessel zusammengerollt, um einzudösen und an nichts mehr denken zu müssen …

Ein gedämpftes Klingeln riss mich aus dem Halbschlaf. Ich fuhr hoch und zog mein Handy aus der Hosentasche. Markus' Foto leuchtete auf dem Display auf. Ich drückte den Anruf weg.

Um mich abzulenken, stand ich auf und ging zu Jakobs Musikanlage. Daneben auf der Fensterbank stapelten sich jede Menge CDs. Ich stellte den CD-Player an und drückte auf Play. Die Musik, die leise aus den Boxen drang, kam mir sofort bekannt vor. Ich nahm die leere Hülle, die auf der Fensterbank lag, aber der Name der Band sagte mir nichts. Ich runzelte die Stirn. Wo hatte ich diesen Song schon einmal gehört?

Als es mir wieder einfiel, war ich plötzlich hellwach. Genau! Der Song war im Hintergrund gelaufen, als ich mein verlorenes Handy angerufen hatte. Konnte das Zufall sein? Mit zitternden Fingern holte ich mein Handy hervor, tippte meine alte Nummer ein und drückte auf die grüne Taste.

Ich zuckte zusammen, als ein schwacher, mir sehr vertrauter Klingelton ertönte, und lauschte mit angehaltenem Atem. Das Klingeln kam aus dem Schrank. Ich ging hinüber und öffnete ihn. Das Klingeln wurde lauter. Ich dachte nicht mehr nach, sondern handelte ganz automatisch. Ich durchwühlte Jakobs Kleiderschrank. Socken, T-Shirts, Boxershorts landeten auf dem Boden. Dann spürte ich etwas Hartes, Kühles. Meine Hand schloss sich um einen kleinen Gegenstand und zog ihn hervor. In diesem

Moment verstummte der Klingelton. Ich starrte auf mein altes, verloren geglaubtes Handy.

»Jenny! Was machst du da?«

Langsam drehte ich mich um. Jakob stand hinter mir.

»Warum hast du mein Handy hier versteckt?«, fragte ich.

Ich war so verblüfft, dass ich nicht mal sauer war. Ich konnte mir absolut keinen Reim auf die Sache machen.

Jakob streckte die Hand aus. »Gib es mir.«

Ich schüttelte den Kopf. »Nein!«

Jakob seufzte. »Willst du immer noch wissen, was in der Nacht passiert ist?«

Mir wurde kalt. Ich umklammerte das Handy fester. »Ja. Das will ich.«

Er nickte resigniert, als hätte er diese Antwort erwartet. »Dann sieh dir die Videos an. Da ist alles drauf.« Er ließ sich auf sein Bett fallen.

Mir war ein bisschen schwindelig. Ich setzte mich wieder auf den Sessel, bevor ich mit zitterndem Finger die Starttaste drückte.

Das erste Video kannte ich schon.

Meine Beine auf grauem Asphalt. Das Geländer gegenüber, dahinter die Autobahn. Weiße und rote Lichter in der Dunkelheit, die näher kommen und sich wieder entfernen. Schwenk zu Pia. Ihr Engelsgesicht im grellen Neonlicht. Der tropfenförmige Anhänger auf ihrem Hals. Sie winkt und macht einen Kussmund. Dann ihre Stimme, flüsternd.

»Was hältst du von Jakob? Der ist doch süß, oder?«

Eine andere Stimme, meine. »Ich finde ihn eher distanziert. Und ziemlich arrogant. Vielleicht steht er nicht auf Mädchen.«

Pia kichert. »Das werde ich schon noch herausfinden, keine Sorge.« *Sie steht auf, stellt sich zu den Jungs.* »Hast du vielleicht eine Zigarette für mich?«*, fragt sie Jakob.*

»Klar.« *Er zieht eine Zigarettenschachtel hervor, hält sie Pia hin. Pia bedient sich. Sie wirft ihre Haare über die Schulter zurück.* »Hast du hier schon ein paar Leute kennengelernt?«

»Nicht wirklich.«

»Du bist eher der Einzelgänger-Typ, stimmt's?« *Pia lächelt.* »Das gefällt mir.«

»Tatsächlich?«

Pia nickt. »Tatsächlich.«

Schlagzeughämmern aus der Ferne. Pia zieht noch einmal an ihrer Zigarette, schnippt sie über die Brüstung. »Scheint gleich weiterzugehen. Wollen wir zurück?«

Meine Stimme aus dem Off: »Ach was, das dauert bestimmt noch. Die brauchen doch immer ewig für den Soundcheck.«

»Genau.« *Markus setzt sich neben mich.* »Wir bleiben noch ein bisschen hier.«

»Wie ihr wollt.« *Pia sieht Jakob an.* »Kommst du wenigstens mit? Oder willst du mich alleine durch den dunklen Wald gehen lassen?«

irlich nicht.« Dieses spöttische Funkeln in seinen
Du könntest dich schließlich verirren und von
eren gefressen werden.«

»Genau.« Pia zwinkert mir zu. »Und ihr zwei treibt's nichts zu bunt, okay? Wir sehen uns später.«

Pia und Jakob gehen davon. Ihre Silhouetten verschwinden in der Dunkelheit.

Schnitt.

Wie lange schien das her zu sein ... Pia und ich, Markus und Jakob. Lichtjahre. Eine andere Welt, eine andere Zeit. Und andere Menschen. Wir hatten uns alle verändert. Und alles war anders geworden.

Ich drückte auf Play. Erst blieb das Display dunkel. Dann sah ich schemenhafte Bewegungen.

Dunkler Wald. Schwankende Zweige. Hier und da sickert Mondlicht hindurch. Moos auf dem Boden. Es schwankt auch. Oder bin ich es, die schwankt?

»Was soll das, Jenny? Bleib stehen!« Jakobs Stimme.

Kichern. Mein Kichern.

»Jenny! Komm zurück! Wo willst du hin?«

»Zum See! Schwimmen.« Meine Stimme, nuschelnd, vom Alkohol verzerrt.

»Du kannst jetzt nicht schwimmen. Du bist betrunken.«

Jakobs Gesicht in Nahaufnahme. Er steht direkt vor mir.

Ich lache und lache und lache. Jakobs Gesicht wackelt, schwankt.

Moos.

Schnitt.

Mein Gesicht. Zerzauste Haare, glasige Augen. So sehe ich also aus, wenn ich betrunken bin.

»Gib mir das Handy! Es gehört mir!«

»Erst wenn du mit mir zurückgehst.«

»Nein! Ich will schwimmen.« *Ich strecke Jakob die Zunge heraus, gehe los, torkelnd. Stolpere über etwas am Boden. Eine Baumwurzel? Falle hin.*

»Jenny!«

Jakob flucht, folgt mir, das Handy immer noch in der Hand, hilft mir beim Aufstehen. Kratzer an meinem Bein. Blut.

»Hast du dir wehgetan?«

Ich schüttle den Kopf. »Nein.«

Moos, Moos, Moos. Meine Füße in staubigen Turnschuhen. Baumstämme, Zweige.

Stille. Nur unser Atem. Jakob ist direkt hinter mir.

Ich bleibe stehen. Da vorne ist etwas. Hinter den Bäumen wird es heller. Ich biege einen Zweig zur Seite. Eine Wiese.

Silbriges, schwankendes Gras. Ich schwanke auch. Leises Lachen. Ein weißer Arm. Eine verschwommene Gestalt. Langes Nixenhaar.

Jemand saugt scharf die Luft ein. Jakob.

Ich drehe mich um. Mein Gesicht ist schneeweiß, die Augen weit aufgerissen. Wie die eines wilden Tieres, das vom Scheinwerferlicht eines herannahenden Autos geblendet wird. Ich gebe keinen Ton von mir. Ich renne los, renne und renne, verschmelze mit der Dunkelheit.

Moos, Moos, Moos. Verwackelter Waldboden. Äste, Wurzeln, ein aufgescheuchtes Kaninchen, das panisch das Weite sucht.

Jakob rennt ebenfalls, steckt das Handy beim Laufen in die Tasche.

Dann: absolute Dunkelheit. Kein Bild mehr, nur noch Ton.

Jakobs keuchender Atem. Seine Stimme: »Jenny! Warte!«

Schluchzen. »Lass mich los!«

»Komm jetzt mit.«

»Nein!«

Schnelle Schritte auf Asphalt, Keuchen. Rauschen. Vorbeifahrende Autos.

Eine leise Stimme, jammernd, vor sich hin brabbelnd, unverständlich. Meine Stimme?

»Jenny, was soll das? Bitte beruhige dich!«

»Nein! Lass mich in Ruhe!« *Das Schluchzen wird lauter.* »Du kannst mich mal!«

»Komm da runter, Jenny!« *Jakob, panisch.*

Undefinierbare Geräusche. Ein Kampf? Reißender Stoff, Keuchen, ein Schlag, Stöhnen ...

»Lass mich!«

»Nein!«

»Scheiße, Scheiße, SCHEISSE! Ihr könnt mich alle mal! Hört ihr, Pia und Markus? IHR KÖNNT MICH MAL!«

»Ich lass dich jetzt los, okay?«

Kurze Pause. Dann wieder meine Stimme, diesmal klar

und deutlich: »Euren Scheiß-Wein könnt ihr in Zukunft alleine trinken.«
»Jenny, nicht!«
Lautes Klirren, ein Krachen, Hupen.
Und dann:
Stille.

5

Ich starre auf das dunkle Display. Es gibt nichts mehr preis, es hat alles verraten. Wollte ich das wirklich wissen? Vielleicht hat Jakob recht gehabt. Egal. Zu spät.

Ich blicke auf. Mein Gesicht ist feucht. Ich weiß nicht, wann ich angefangen habe zu weinen.

»Ich habe die Flasche geworfen?«, flüstere ich.

Jakob sitzt mir gegenüber auf seinem Bett. Er sieht mich an. Seine Augen sind fast schwarz.

»Ja. Du hast die Flasche geworfen.«

Ich habe keine Worte für das, was ich fühle. Die Wahrheit ist unerträglich. Sie frisst sich unbarmherzig in meinen Kopf, damit ich sie nie, nie wieder vergesse.

Ich habe die Flasche geworfen.
Ich bin schuld an dem Unfall.
Ich bin schuld daran, dass Lena keine Mutter mehr hat.

ICH BIN SCHULD!

Jakob unterbricht die Stille. »Du hast es nicht mit Absicht getan, Jenny. Du warst betrunken. Und total fertig wegen Markus und Pia. Du warst verzweifelt, wütend, durcheinander. Du wärst fast von der Brücke gesprungen! Und dann hast du dir einfach die Weinflasche geschnappt ... Ich hätte dich aufhalten müssen. Wenn ich etwas schneller gewesen wäre ...«

»Was ist dann passiert?«, frage ich. Ich bin selbst erstaunt, dass meine Stimme so normal klingt. Als würde mich das alles nichts angehen.

»Ich hab dich von der Brücke gezerrt. Wir mussten schnell verschwinden. Auf der Autobahn hatten bereits mehrere Fahrer angehalten, um sich um die Verletzten zu kümmern. Ich bin mit dir zu meinem Wagen. Du musstest kotzen. Dir ging's echt dreckig. Und dann bist du einfach umgekippt. Ich hab dich auf den Vordersitz gelegt und zugedeckt. Du hast geschlafen wie eine Tote. Ich bin noch mal zurück, um herauszufinden, was passiert ist. Die Polizei war schon da. Und ein Krankenwagen. Es sah nicht gut aus.«

Jakob schweigt, fährt sich durch die Haare.

»Und dann?«

»Als ich zurückkam, warst du weg. Ich hab mir furchtbare Sorgen gemacht, bin überall herumgerannt und hab dich gesucht. Ich dachte, du hast dir vielleicht was angetan oder so. Aber dann hat mir irgendwer erzählt, du seiest mit Pia abgehauen. Am nächsten Tag bin ich um euer Haus gekurvt und hab dich beobachtet, um herauszufinden, ob du okay bist. Dass du dich an nichts mehr erinnern konntest, hab ich als Wink des Schicksals gesehen. Ich dachte, vielleicht ist es besser, wenn du nie erfährst, was passiert ist. Ich hab dein Handy verschwinden lassen und dir die Geschichte von unserer Knutscherei im Auto aufgetischt.«

»Zwischen uns ist an dem Abend also gar nichts gelaufen?«

Jakob schüttelt den Kopf. »Nein.«

Meine Finger fahren über die glatte, kühle Oberfläche des Handys. Jetzt fügt sich alles zusammen. Die merkwürdigen Träume, meine Schuldgefühle, mein Interesse an dem Unfall, an Lena ...

»Und?«, fragt Jakob. »War es die richtige Entscheidung? Unbedingt die Wahrheit wissen zu wollen?«

War es richtig? Oder falsch? Ich weiß es nicht. Noch nicht. Vielleicht werde ich es niemals ganz genau wissen. Ich weiß nur eins: Die Wahrheit hat mein Leben verändert. Von einer Sekunde auf die andere. Nichts ist mehr so, wie es war. Nichts wird je wieder so sein.

Ich sehe Jakob an. »Ich habe es die ganze Zeit gewusst. Irgendwo tief in mir drin.«

»Hör mal, von mir erfährt niemand etwas. Wir tun einfach so, als wäre nichts passiert, okay? Wir vergessen die ganze Sache.« Er fleht mich beinahe an.

Alles vergessen? Mein altes Leben weiterleben?

Eine verlockende Vorstellung. Einfach nach Hause gehen, ins Bett, schlafen, morgen mit meiner Mutter Geburtstag feiern. Wie jedes Jahr.

Als wäre nichts passiert ...

Aber ich weiß, dass es nicht funktionieren würde. Ich kann nicht so tun, als wäre nichts passiert. Das schwarze Loch ist jetzt gefüllt mit Bildern, Gerüchen, Tönen. Mit der Wahrheit. Ich kann sie nicht ignorieren.

»Nein«, sage ich. »Ich gehe zur Polizei.«

»Hast du dir das gut überlegt?«, fragt Jakob.

Ich schüttele den Kopf. »Nein. Aber ich werde es trotzdem tun.«

»Schlaf doch wenigstens eine Nacht drüber«, bittet er. »Du weißt ja nicht, wie das ist! Sie werden dich anklagen, du musst vor Gericht, alle werden davon erfahren, dich anstarren, über dich reden ...«

Ich stehe auf. Ich weiß jetzt, was ich tun muss. Endlich. »Es gibt einen wichtigen Unterschied zwischen uns. Du warst unschuldig. Ich bin es nicht.«

Jakob erhebt sich ebenfalls. »Soll ich mitkommen?«

Ich lächle. »Das wäre schön.«